UN PARFAIT TÉMOIN

DANS LA MÊME COLLECTION

- ☐ N° 1 — HIGGINS MÈNE L'ENQUÊTE
- ☐ N° 2 — MEURTRE AU BRITISH MUSEUM
- ☐ N° 3 — LE SECRET DES MAC GORDON
- ☐ N° 4 — CRIME À LINDENBOURNE
- ☐ N° 5 — L'ASSASSIN DE LA TOUR DE LONDRES
- ☐ N° 6 — LES TROIS CRIMES DE NOËL
- ☐ N° 7 — MEURTRE À CAMBRIDGE
- ☐ N° 8 — MEURTRE CHEZ LES DRUIDES
- ☐ N° 9 — MEURTRE À QUATRE MAINS
- ☐ N° 10 — LE MYSTÈRE DE KENSINGTON
- ☐ N° 11 — QUI A TUÉ SIR CHARLES ?
- ☐ N° 12 — MEURTRES AU TOUQUET
- ☐ N° 13 — LE RETOUR DE JACK L'ÉVENTREUR
- ☐ N° 14 — MEURTRE CHEZ UN ÉDITEUR
- ☐ N° 15 — MEURTRE DANS LE VIEUX NICE
- ☐ N° 16 — QUATRE FEMMES POUR UN MEURTRE
- ☐ N° 17 — LE SECRET DE LA CHAMBRE NOIRE
- ☐ N° 18 — MEURTRE SUR INVITATION
- ☐ N° 19 — NOCES MORTELLES À AIX-EN-PROVENCE
- ☐ N° 20 — LES DISPARUS DU LOCH NESS
- ☐ N° 21 — L'ASSASSINAT DU ROI ARTHUR
- ☐ N° 22 — L'HORLOGER DE BUCKINGHAM
- ☐ N° 23 — QUI A TUÉ L'ASTROLOGUE
- ☐ N° 24 — LA JEUNE FILLE ET LA MORT
- ☐ N° 25 — LA MALÉDICTION DU TEMPLIER
- ☐ N° 26 — CRIME PRINTANIER
- ☐ N° 27 — TIMBRE MORTEL
- ☐ N° 28 — CRIME AU FESTIVAL DE CANNES
- ☐ N° 29 — BALLE MORTELLE À WIMBLEDON
- ☐ N° 30 — HIGGINS CONTRE SCOTLAND YARD
- ☐ N° 31 — MEURTRE DANS LA CITY

(Page à découper ou à copier)

Je souhaite recevoir :
- ☐ Le catalogue complet
- ☐ Les volumes cochés au prix de 30 F l'unité, soit :

...... livres à 30 F = ...
+ Frais de port (*1 à 3 vol. : 15 F ; 4 vol. et plus : 20 F*) ......

Total ......

Nom : .... Prénom : ....
Adresse : ....
Code postal : .... Ville : ....

Paiement par chèque ou mandat à :
GDV-VPC BP 260 75264 PARIS Cedex 06

J.B. LIVINGSTONE

UN PARFAIT TÉMOIN

EDITIONS GERARD DE VILLIERS

ISBN 2-7386-5827-X

CHAPITRE PREMIER

Lady Anna-Lisa, épouse comblée du colonel George Schipper, s'apprêtait à passer une excellente soirée dans son hôtel particulier de Mayfair, le quartier le plus chic et le plus aristocratique de Londres. Le colonel participait à un banquet d'anciens combattants; le *butler*[1] Jepherson Normaid avait exceptionnellement demandé deux jours de congé pour rendre visite à sa mère malade.

Cette solitude provisoire était un moment de repos dans une existence trépidante. À soixante-dix-huit ans, lady Anna-Lisa en paraissait vingt de moins et demeurait une femme superbe; mince, énergique, elle pratiquait encore avec assiduité l'équitation et la natation. Pas un cheveu blanc ne déparait sa superbe chevelure noire, elle ignorait la maladie et la fatigue, et continuait à faire mille et un projets, telle une adolescente à l'avenir inépuisable.

Depuis qu'elle s'était installée à Londres

1. Le maître d'hôtel, valet de chambre, gardien de l'étiquette d'une demeure... Les fonctions d'un *butler* sont multiples.

après de longues années d'errance et d'aventure, lady Anna-Lisa était devenue une protectrice des arts et des lettres. Cocktails, expositions, galeries de peinture, réceptions, visites de musée, cénacles picturaux, cercles littéraires, dîners avec des peintres, des sculpteurs ou des écrivains... Son agenda était rempli de rendez-vous auxquels elle prenait un plaisir sans cesse renouvelé.

En raison de son immense fortune, lady Anna-Lisa jouait un rôle de mécène qui lui avait valu quantité de distinctions honorifiques et de félicitations officielles; sa notoriété entraînait aussi un courrier abondant où dominaient des demandes d'aide financière, dont bien peu méritaient d'être satisfaites. Elle triait elle-même le bon grain de l'ivraie et répondait en personne aux sollicitations qui lui semblaient fondées.

Les journées lui paraissaient beaucoup trop courtes, tant ses occupations la passionnaient; bien que son mari ne s'intéressât guère aux activités intellectuelles, il reconnaissait sa réussite et admirait ses talents. Comblée... Oui, lady Anna-Lisa était une femme et une épouse comblée, même si George et elle n'avaient pas eu le loisir de faire un enfant. La vie leur avait souri d'une autre manière.

En déshabillé de soie rose, pieds nus, les cheveux dénoués, lady Anna-Lisa s'offrit un dîner incongru : sardines à l'huile d'olive, chocolat au lait, fromage de chèvre, fraises à la crème, whiskey irlandais. Une horreur diététique que son *butler* aurait désapprouvée et qu'elle savoura comme une gourmandise interdite.

Puisqu'elle s'offrait une orgie, elle écouta à la

radio un concert de Chopin au cours duquel un pianiste médiocre jouait valses et mazurkas, une musique romantique qu'elle détestait, et feuilleta un album regroupant des peintres pompiers du dix-neuvième siècle, si médiocres qu'elle n'aurait pas osé prononcer leurs noms au cours d'un dîner de qualité.

Mais ce soir, elle s'encanaillait et franchissait en même temps plusieurs frontières du mauvais goût; après tant d'années au cours desquelles aucun membre de la *Gentry* n'avait eu quoi que ce fût à lui reprocher, comme l'expérience était amusante ! Mais elle seule saurait qu'elle venait de transgresser ainsi les règles de la bienséance.

De plus en plus gaie, elle se mit au piano, un Steinway à queue au son parfait; mais au lieu d'y déployer une sonate de Haydn ou un impromptu de Schubert, elle fit résonner les accents vulgaires d'une chanson populaire.

Un peu ivre, chantonnante, rieuse, lady Anna-Lisa n'entendit pas la mort venir.

Frappé avec une violence inouïe, son crâne explosa.

***

Drusilla Wharton se réveilla tard, avec une forte migraine et l'estomac douloureux. À soixante ans, elle demeurait jolie et séduisante, et devait garder ses distances avec quantité d'hommes attirés par sa fortune et son renom.

Bien qu'elle fût fille unique d'un couple de milliardaires et héritière d'une immense fortune, elle vivait seule et sans domestiques dans un petit hôtel particulier de Mayfair. C'était son luxe suprême de se comporter comme une femme ordinaire, de faire elle-même ses courses et parfois la cuisine, de conduire sa voiture, de rédiger son courrier et de s'occuper de ses placements.

Mais l'essentiel de ses activités consistait à protéger les lettres et les arts, à encourager de jeunes artistes, à conforter des vocations, voire à les susciter en leur apportant cet élément à la fois si ridicule et si nécessaire : l'argent. Drusilla Wharton ne croyait pas aux tourments créateurs de l'artiste affamé et mourant de froid dans un taudis. Pour elle, on travaillait mieux dans un endroit agréable et le ventre plein. Bien sûr, il y avait eu Van Gogh, son peintre préféré; mais qui pouvait envier l'effroyable calvaire qu'avait été son existence? Van Gogh, qui n'avait vendu qu'une seule toile, et qui faisait à présent la fortune des spéculateurs! Révoltée par cette injustice, Drusilla Wharton voulait éviter qu'elle se reproduise; aussi traquait-elle les talents afin de les éprouver et de les aider à s'épanouir, qu'il s'agisse de peintres, de sculpteurs ou d'écrivains.

Sans l'art, la vie n'avait aucun sens; sans lui, l'histoire humaine n'aurait été qu'une longue litanie de guerres, de massacres et de tueries, une interminable liste de tyrans et de despotes qui n'avaient d'autre ambition que d'exercer le pouvoir. Drusilla Wharton haïssait Napoléon, Hitler et même les militaires anglais qui avaient semé la terreur et la désolation aux quatre coins du globe; non, ils n'étaient pas des héros, mais des bouchers assoiffés de sang. Les vrais héros se nommaient : Fra Angelico, Dante, Léonard de Vinci, Turner, Van Gogh et tant d'autres, sans oublier les génies anonymes qui avaient orné les grottes de Lascaux ou les tombes de la Vallée des Rois.

L'art était le langage du cœur et de la conscience ; grâce à lui, l'être humain communiquait avec l'invisible, avec les forces cachées de la vie. C'est pourquoi la jolie Drusilla Wharton y consacrait l'essentiel de sa fortune.

Un café très fort la remit d'aplomb. D'ordinaire, elle avait un appétit d'ogre au petit déjeuner ; mais ce matin, elle n'avait même pas envie de grignoter un toast.

Elle préféra une douche brûlante à son habituel bain parfumé, se maquilla avec soin, accordant beaucoup d'attention à ses magnifiques cheveux auburn, dont le châtain roux aux reflets cuivrés possédait, aux dires de sa coiffeuse, une luminosité exceptionnelle. Puis elle choisit une robe rouge d'apparence très dépouillée, mais qui était un exemplaire unique créé pour elle par un grand couturier parisien. Drusilla Wharton aimait le vrai luxe, celui qui ne se remarque pas mais se traduit par la qualité inégalable d'un tissu ou le galbe inimitable d'une paire de chaussures façonnée sur mesure.

Elle consulta son agenda et fronça les sourcils.

N'avait-elle pas été imprudente d'accumuler autant de rendez-vous jusqu'à une heure avancée de la soirée, sans même s'accorder une respiration pour la soirée ? Non, c'était bien ainsi. Elle avait la chance de jouir d'une excellente santé et d'une énergie plus vivace qu'à vingt ans ; puisque le ciel se montrait si généreux envers elle, elle n'avait pas le droit d'être avare de ses propres forces. Beaucoup d'artistes avaient besoin de ses interventions, directes ou indirectes ; elle aurait l'éternité pour se reposer.

Trois coups de sonnette.

Elle n'attendait personne.

Drusilla Wharton alla jusqu'à la porte d'entrée et regarda dans l'œil-de-bœuf. Elle vit un homme carré, corpulent, vêtu d'un imperméable froissé, encadré par deux policiers en uniforme.

Un peintre qui avait commis une infraction et venait implorer son aide ?

— Qui est-ce ?

— Scotland Yard, mademoiselle.

— Comment ça, Scotland Yard ?

— Superintendant Scott Marlow ; auriez-vous l'amabilité de nous ouvrir ?

Drusilla Wharton ouvrit sa porte.

— Vous voulez... entrer ?

— Vous êtes bien mademoiselle Drusilla Wharton ?

— Oui... Oui, c'est bien moi.

— Pourriez-vous me montrer une pièce d'identité ?

— Bien entendu... Mais qu'est-ce qui se passe ?

— S'il vous plaît, mademoiselle.

Drusilla Wharton alla chercher le document, pendant que Scott Marlow examinait une fiche.

— La voici, dit-elle au superintendant qui regarda la pièce d'identité avec attention.

— Je vous arrête pour le meurtre de lady Anna-Lisa Schipper.

CHAPITRE II

Plutôt trapu, de taille moyenne, les cheveux noirs, la lèvre supérieure ornée d'une moustache poivre et sel taillée et lissée à la perfection, les tempes grisonnantes, l'œil vif et parfois malicieux, l'ex-inspecteur-chef Higgins passait une retraite anticipée et paisible dans son domaine de The Slaughterers, un petit village du Gloucestershire où le temps s'était arrêté, loin de l'agitation et du bruit de la ville.

Considéré comme le meilleur « nez » de Scotland Yard, Higgins aimait sa vieille demeure au toit d'ardoise, aux murs de pierre blanche et au porche soutenu par deux colonnes; comment ne pas admirer la sérénité de la façade, ses fenêtres à petits carreaux, ses hautes cheminées de pierre qui, depuis des générations, se dressaient vers un ciel parcouru de nuages familiers?

Depuis qu'il avait repris son indépendance, Higgins relisait les bons auteurs, entretenait ses pelouses et sa roseraie, se promenait dans la forêt toute proche, et passait de merveilleuses soirées au coin du feu en compagnie de Trafalgar, un chat siamois doué pour la gastronomie et la sieste.

Bien sûr, il y avait Mary, une gouvernante de soixante-dix ans, qui avait traversé deux guerres mondiales et des dizaines de crises économiques sans même attraper un rhume, et qui taxait l'arthrose des genoux dont souffrait l'ex-inspecteur-chef de « maladie imaginaire » ; grande lectrice des faits divers graveleux que *The Sun* divulguait à longueur de colonnes, elle considérait Scotland Yard comme un repaire de brigands, fort peu préoccupés de protéger les honnêtes gens. De plus, elle militait pour le progrès, et avait même introduit dans sa cuisine des instruments que Higgins jugeait barbares, à savoir un téléphone et une télévision.

Malgré leurs différends irréductibles sur certains points fondamentaux, Higgins et Mary avaient conclu une paix des braves pour veiller au bien-être d'un coléoptère à la forme bombée, aux élytres rouge, jaune ou orangé, ponctués de taches noires, autrement dit la coccinelle dont chacun savait qu'elle entretenait des rapports privilégiés avec le Bon Dieu.

Par bonheur, l'une d'elles s'était posée sur la main droite de Higgins, habillé en jardinier ; l'événement indiquait que l'ex-inspecteur-chef ne commettrait pas d'erreur en taillant ses rosiers. Ne disait-on pas que la coccinelle, en s'envolant du bout d'un doigt, gagnait le ciel et réservait votre place au paradis ?

Sans elles proliféraient les redoutables pucerons, avides de feuilles de rosiers ; chaque jour, une seule coccinelle mangeait une centaine de pucerons, poursuivant son œuvre avec une inlassable régularité.

Mary avait fabriqué une substance secrète, ressemblant à du porridge, qu'elle avait étalée sur quelques feuilles, certifiant qu'elle attirerait les merveilleux petits insectes. Plutôt sceptique, Higgins se rendit à l'évidence ; la gouvernante avait réussi un tour de magie. Cette année encore, la roseraie serait bien protégée grâce à l'intervention des coccinelles.

— Je vous félicite, Mary, votre produit est une réussite.

— Quand je fais quelque chose, je le fais bien.

— Que diriez-vous d'un petit verre de porto ?

— J'en prendrais volontiers un ; pour vous, ce sera une tisane de thym. N'aviez-vous pas un rhume, ce matin ?

— Un début, certes...

— Alors, il faut l'enrayer. Trois grosses pincées de thym pour un litre d'eau froide, chauffer à feu doux, faire frissonner dix minutes, laisser macérer toute la nuit ; le travail est fait, et bien fait. Vous boirez votre tisane à volonté, tiède ou froide, selon votre goût.

⁂

Une pluie très douce tombait sur The Slaughterers.

Higgins avait bu sa tisane, Trafalgar dégusté un émincé de saumon accompagné d'une cuisse de poulet et nappé d'un jus de viande tiède. Le feu ronronnait dans la cheminée, l'ex-inspecteur-chef lisait une délicieuse lettre de sa grande amie de Pézenas qui décrivait l'un des moments de grâce réservé aux êtres qui savaient admirer la nature :

« Je surveille, j'épie, je dévore des yeux, l'évolution de la splendide floraison du néflier. De loin, elle fait penser à celle du marronnier, avec ses hautes hampes blanches. Mais elle est tellement plus émouvante ! Le marronnier a des fleurs statiques, à l'épaisseur de cire. Le néflier blottit, au cœur de rosaces de longues feuilles vert luisant, de tendres bouquets de pétales aussi soyeux que des ailes de papillon, aussi immaculés et fragiles que des fleurs de fraisiers. Soyeuses fleurs un peu froissées et transparentes. Et le contraste entre les timides et soyeuses fleurs blanches et la rigidité austère et sombre des rosaces de feuilles lancéolées me fait penser à un chevalier protégeant sa dame, en haut hennin ennuagé de voiles clairs. C'est pour moi l'arbre des troubadours, de ceux qui, une fois leur chant tari par l'horreur, surent prendre les armes pour défendre leur pays et leurs amours. »

L'abominable sonnerie du téléphone brisa la beauté de ces lignes qui évoquaient si bien la passion flamboyante du Sud-Ouest de la France qui animait à la fois ses paysages et le cœur de ses habitants.

Mary entra dans le grand salon.

— C'est pour vous, l'un de vos amis... Il prétend être membre de votre club archéologique.

Higgins se leva et se rendit dans la cuisine de Mary. Son club archéologique réunissait ses plus fidèles amis, des êtres qui ne trahissaient jamais la parole donnée et s'entraideraient jusqu'à la mort; officiellement leurs réunions étaient consacrées à l'étude de vases grecs ou de la céramique gallo-romaine, mais ils se préoccupaient surtout de vérifier la qualité de certains produits réputés comme le dom Pérignon, les vins de Bourgogne, la dinde aux marrons, le gratin dauphinois ou le soufflé au Grand Marnier; rien ne valait une expérience de terrain et un contrôle assidu.

— Crosby à l'appareil; comment vas-tu, Higgins?

— Le temps est clément, la température agréable; et toi?

— Je ne parviens pas à dormir, depuis quelque temps.

— Un ennui?

— Pas personnel, mais tout de même...

— C'est donc bien un ennui.

— Si tu n'es pas trop occupé en ce moment, j'aimerais te consulter.

John A. Crosby, héritier de l'une des plus brillantes études britanniques, était une autorité morale incontestée du droit d'outre-Manche et propriétaire d'un club privé où la fine fleur du notariat et du barreau se retrouvait en vase clos, afin d'y échanger des confidences. Rien de ce qui concernait la justice britannique ne lui était étranger.

— Ma demeure t'est ouverte, mon cher John.

— Demain midi te conviendra-t-il?

— Tu es le bienvenu.

Quand Higgins raccrocha, Mary le considéra d'un œil critique, les poings sur les hanches.

— Inviteriez-vous quelqu'un à déjeuner?

— Demain midi.

— En ce cas, je m'en occupe; de qui s'agit-il?

— D'un spécialiste du droit.

— Enfin quelqu'un de sérieux... je prépare un gigot.

Pensif, Higgins retourna s'asseoir devant le feu de bois ; Trafalgar prenait un repos nécessaire à une bonne digestion.

Quelqu'un de sérieux... Oui, on pouvait décrire ainsi John A. Crosby. Qu'il se déplaçât jusqu'à The Slaughterers prouvait que l'affaire était sérieuse. Le juriste ne s'alarmait pas pour un rien ; s'il avait besoin des « conseils » de Higgins, c'est parce qu'il ne parvenait pas à traiter un dossier où entrait fatalement en jeu un processus criminel.

S'encombrer l'esprit avec ce que l'on ignorait étant un vice, Higgins reprit la lecture de la lettre de son amie de Pézenas.

⁂

— Succulent, ce gigot, constata John A. Crosby.

— Mary est une perle.

— Sa réputation n'est pas usurpée !

John A. Crosby avait la dignité innée seyant à une longue lignée de magistrats ; tout, en lui, était sévère et inspirait le respect.

— Ton accueil est merveilleux, Higgins, mais je te dois la vérité.

— Le fameux ennui qui t'empêche de dormir.

— Lui-même... L'une de mes relations, Drusilla Wharton, traverse une très mauvaise passe.

— De quel méfait s'est-elle rendue coupable ?

— On l'accuse d'un crime qu'elle n'a pas commis.

— Quel crime ?

— L'assassinat de lady Anna-Lisa, l'épouse du colonel George Schipper.

— Pourquoi ton amie a-t-elle été arrêtée ?

— Scotland Yard a un dossier solide qui prouve sa culpabilité.

— Mais toi, tu n'y crois pas.

— Non, Higgins.

— Pour quelle raison ?

— Elle-même.

— Peux-tu être plus explicite ?

— Drusilla Wharton est une personne remarquable. Fille unique, richissime, elle est un véritable mécène qui a aidé de nombreux artistes à réaliser leurs rêves.

— Qui a mené l'enquête ?

— Le superintendant de première classe Scott Marlow.

— C'est un policier consciencieux qui n'arrête pas les gens à la légère.

— Néanmoins, je reste convaincu de l'innocence de Drusilla Wharton. J'ai souvent eu l'occasion de discuter avec elle ; cette femme n'a rien d'un assassin.

Higgins sourit.

— Ignores-tu qu'il existe des meurtriers au visage d'ange ?

— Non, mais ma certitude m'ôte le sommeil ; elle est victime d'une erreur, j'en suis sûr.

— Pure intuition, semble-t-il.

— Plutôt une déduction tenant compte de ce qu'elle est.

— Qu'attends-tu de moi, John ?

— Que tu confirmes mon intuition ; je te demande peut-être l'impossible, j'en suis conscient, mais toi seul es capable d'établir la vérité.

CHAPITRE III

Le superintendant de première classe Scott Marlow passait le plus clair de son temps dans son bureau ultra-moderne de Scotland Yard. Il lui arrivait souvent d'y dormir, lorsque la pile de documents administratifs à remplir devenait trop imposante ou quand une enquête exigeait un travail acharné. Amoureux de la reine Élisabeth II, la plus belle femme du monde, il espérait faire un jour partie du corps d'élite qui assurait sa protection rapprochée. En attendant, il avait accroché au-dessus de sa tête un portrait de la souveraine, à côté duquel trônait une photographie de la reine Victoria, découverte chez un antiquaire. La souveraine était vêtue d'une robe noire très stricte et posait la main droite sur un bouquet de fleurs, avec la grandeur inimitable d'une impératrice qui avait régné sur la majeure partie du monde.

Lorsque l'ex-inspecteur-chef Higgins pénétra dans son bureau après avoir frappé, Marlow n'en crut pas ses yeux.

Higgins sortait rarement de son domaine de The Slaughterers où, à plusieurs reprises, Marlow était allé le consulter pour tenter de résoudre des affaires particulièrement délicates. Bien que l'ex-inspecteur-chef utilisât des méthodes plutôt archaïques, il obtenait de surprenants résultats.

— Auriez-vous une minute, superintendant ?

— Bien entendu.

L'ex-inspecteur-chef était vêtu d'un impeccable costume bleu croisé, dû au talent de son tailleur de chez Trouser's ; un superbe nœud papillon à pois ornait sa chemise sur mesure en popeline.

— Votre santé se porte-t-elle bien, Higgins ?

— À part une légère douleur au genou gauche, je rends grâce au ciel.

— Vous êtes... de passage ?

— Cela dépendra de vous, mon cher Marlow.

Le superintendant perdait pied, ne voyant pas où l'ex-inspecteur-chef voulait en venir.

— Que puis-je faire pour vous ?

— C'est extrêmement délicat, et je ne voudrais pas vous importuner.

— Vous plaisantez, Higgins !

— Connaissez-vous John A. Crosby ?

— Qui ne le connaît pas ? Sachez que je l'apprécie. À la différence de ses collègues, c'est un homme de loi intègre et juste.

— Je me permettrai de lui transmettre votre appréciation ; elle lui ira droit au cœur.

— Aurait-il un quelconque conflit avec le Yard ?

— Nullement, mais il m'a fait part d'un sentiment très personnel, qui ne se fonde sur aucun argument rationnel, à propos d'une de ses amies qu'il estime innocente, alors qu'elle est accusée de meurtre.

— Diable ! Et vous l'avez pris au sérieux ?

— Il s'appelle John A. Crosby, il est un vieil et fidèle ami, et son profil n'est ni celui d'un romantique, ni d'un exalté.

— Je vous le concède, admit Scott Marlow, pensif ; à votre place, j'aurais, moi aussi, prêté attention à ses propos. Quel est le nom de cette amie ?

Higgins avait le choix entre une approche douce et progressive, évitant de provoquer une réaction brutale de la part du superintendant, et une révélation immédiate, risquant d'entraîner un blocage. Il opta néanmoins pour cette dernière, car Marlow était un homme probe qui ne refusait pas la discussion.

— Drusilla Wharton.

— Drusilla Wharton, répéta le superintendant ; mais... je l'ai arrêtée moi-même !

— Certes, et sans aucun doute après mûre réflexion.

Scott Marlow se détendit.

— John A. Crosby est peut-être un romantique qui s'ignore, estima-t-il. Parfois, nous doutons un peu de la culpabilité de la personne que nous arrêtons ; mais dans ce cas-ci, les preuves sont accablantes. On jurerait même un cas d'école ! Aucune possibilité d'erreur, mon cher Higgins ; si charmante, si élégante et si riche soit-elle, Drusilla Wharton est bien une criminelle et sera condamnée pour crime avec préméditation. La défense n'a aucune chance de lui éviter la peine maximale.

— Je me rends à vos raisons, superintendant ; accepteriez-vous néanmoins de m'éclairer un peu plus ?

— Comment donc ! Un verre de whiskey ?

Scott Marlow sortit d'une armoire métallique une bouteille de whiskey irlandais de provenance douteuse et deux chopes. Quoiqu'il redoutât quelques perturbations hépatiques, Higgins se devait de sacrifier au rituel afin d'entretenir un climat de confiance.

— Je comprends l'attitude de Crosby, déclara le superintendant ; moi-même, j'ai été stupéfait quand j'ai vu la première fois Drusilla Wharton. Difficile d'imaginer femme plus racée ; la *Gentry* entière devait être à ses pieds. Mais notre métier nous apprend à nous défier de l'apparence et à ne prendre en considération que les faits.

Dans son *Manuel de criminologie*, bible des enquêteurs du Yard, M.B. Masters ne cessait de rappeler cette vérité que même des policiers chevronnés finissaient par oublier.

— De façon brutale, continua le superintendant, voici les faits : il y a une semaine, dans la soirée de jeudi, un peu avant 22 h 45, Drusilla Wharton a assassiné lady Anna-Lisa Schipper, dans son hôtel particulier de Mayfair.

— L'épouse du colonel George Schipper, si je ne m'abuse ?

— Lui-même ; une de vos relations ?

— Non, mais le *Times* a mentionné une remise de décorations et fait allusion au rôle de mécène qu'exerce son épouse.

— Ils forment en effet un couple célèbre et très respecté ; lady Anna-Lisa était une femme du monde fort appréciée de la *Gentry* et de l'*Establishment*. On l'invitait dans les plus grandes réceptions et elle fréquentait même Sa Majesté. Une perte irréparable, Higgins.

Higgins ouvrit un carnet noir et écrivit quelques mots avec un crayon noir finement taillé.

— Pourquoi pouvez-vous être aussi précis en ce qui concerne l'horaire du crime ?

— Une aubaine, Higgins, le rêve pour un enquêteur : un témoin oculaire fiable ! J'ai eu de la chance, je l'admets.

— Quel est ce témoin ?

— Une voisine de lady Anna-Lisa, la princesse polonaise Mirichka Leonskaia, sortie pour promener son chien, un schnauzer géant. À 22 h 45 précises, alors qu'elle s'apprêtait à traverser la rue, elle a vu sortir une femme de chez les Schipper. Elle l'a décrite avec d'autant plus de précision qu'elle la connaissait ; cette femme, c'était Drusilla Wharton, une grande amie des Schipper. Comme le médecin légiste a établi l'heure du décès entre 22 h 15 et 23 heures, la conclusion n'était pas difficile à tirer : Drusilla Wharton quittait précipitamment la demeure où elle venait de commettre un crime.

— S'est-elle enfuie à pied ?

— Oui, d'après la déclaration de la princesse.

— Lady Anna-Lisa était donc seule chez elle.

— Oui, son mari participait à un dîner d'anciens combattants.

— Avez-vous vérifié ?

— C'était inutile, Higgins, mais j'ai vérifié.

— Le couple n'avait pas d'enfants ?

— Non.

— Pas de maître d'hôtel ?

— Si, un dénommé Jepherson Normaid.

— Absent, lui aussi ?

— Oui, il avait demandé deux jours de congé exceptionnel pour rendre visite à sa mère malade.

— Était-ce bien exact ?

Marlow vida son verre.

— Je n'ai pas poussé mes investigations jusque-là ! La carrière de ce *butler* est tout à fait exemplaire... Et la criminelle est sous les verrous.

Higgins continua à prendre des notes.

— N'allez pas imaginer quelque solution rocambolesque ! Normaid est étranger à ce crime.

— Avec votre autorisation, pourrais-je vérifier son emploi du temps ?

Marlow se resservit un peu de whiskey.

— Comme vous voudrez, Higgins... Mais vous perdez votre temps. Ce *butler* ne mentait pas, j'en suis sûr. Mais après tout, vous avez raison ; j'aurais dû fouiller jusque-là. Nous vérifierons ensemble.

— Merci de votre compréhension, mon cher Marlow ; pas d'autre personnel de maison ?

— Non, Jepherson Normaid, en raison de sa longue expérience, s'occupait de tout lui-même. Le colonel m'en a fait un éloge appuyé ; depuis qu'il est à leur service, c'est la première fois qu'il s'absente. Encore fallait-il un cas de force majeure.

— Donc, un témoin oculaire.

— Oui, et digne de foi ; j'ai interrogé la princesse à plusieurs reprises, et elle n'a pas changé un mot à ses déclarations. À son insu, je l'ai même soumise à quelques petits tests d'observation dont elle est sortie victorieuse.

— Quelles explications Drusilla Wharton fournit-elle ?

— Elle nie l'évidence et affirme ne pas s'être rendue ce soir-là chez lady Anna-Lisa.

— Avez-vous révélé l'existence de ce témoin oculaire ?

— Oui, mais Drusilla Wharton persiste à nier.

— A-t-elle un alibi ?

— Il est si ridicule que je lui ai déconseillé de l'exposer lors du procès.

— Quel est-il ?

— Elle aurait reçu un appel téléphonique, en début de soirée, lui enjoignant de ne pas sortir de chez elle, dans l'attente d'un autre appel de l'étranger et revêtant une grande importance professionnelle.

— L'a-t-elle reçu ?

— Elle aurait patienté en vain.

— Vit-elle seule ?

— Oui ; de ce fait, personne ne peut corroborer ses dires.

CHAPITRE IV

Higgins nota l'alibi de Drusilla Wharton sur son carnet noir.

— N'habite-t-elle pas Mayfair ?

— Si, à quelques minutes du domicile de lady Anna-Lisa.

— Pas de domestiques à son service ?

— Aucun.

— Manquerait-elle de moyens financiers ?

— Non, elle possède sans doute davantage de fortune que les Schipper ; elle a choisi de vivre ainsi, comme une femme de la *Middle Class*, même si elle satisfait ses goûts de luxe.

— L'enquête de voisinage vous a-t-elle confirmé les faits ?

— Oui ; à l'exception d'une femme de ménage une fois par semaine, Drusilla Wharton ne reçoit personne chez elle.

— Étrange, ne trouvez-vous pas ?

— Oui et non ; une femme qui passe ses journées en réceptions et en mondanités peut avoir envie d'un jardin secret.

— Êtes-vous en possession de l'arme du crime ?

— Eh oui, Higgins ! Après avoir accompli

son horrible geste, la meurtrière n'a pas eu la présence d'esprit de l'emporter et de la faire disparaître.

— De quoi s'agit-il ?

— D'un objet plutôt bizarre... Un bronze du dix-huitième siècle représentant un faune.

— Un poids important ?

— Non... La tête du faune paraît lourde, mais l'objet lui-même est très maniable.

— Comment s'en est-elle servi ?

— Elle l'a empoigné par le socle et a frappé la nuque de sa victime avec la tête du faune ; d'après le légiste, le coup a été assené avec précision, et lady Anna-Lisa est morte dès l'impact.

— Avez-vous une photographie de cette statuette ?

— Désirez-vous voir tous les clichés pris par l'identité judiciaire ?

— Vous m'obligeriez, superintendant.

— Rien de plus simple ; j'ai un exemplaire complet du dossier à portée de la main.

L'ex-inspecteur-chef contempla les affreuses photographies. Il vit lady Anna-Lisa, la nuque ensanglantée, affalée sur son piano à queue, prise sous des angles divers, et l'arme du crime qui avait bénéficié de plusieurs gros plans.

Un instant, Marlow crut que Higgins allait effectuer un tour de prestidigitation et avancer un argument inattendu pour innocenter la criminelle, mais l'ex-inspecteur-chef se contenta de faire quelques dessins sur son carnet noir.

— Un détail, révéla Marlow ; le repas original qu'avait pris lady Anna-Lisa : des sardines, une plaque de chocolat, du fromage de chèvre et des fraises. Son *butler* en était offusqué.

— Une fantaisie ?

— Certes, mais indigne de son rang, d'après Jepherson Normaid. De plus, elle écoutait une radio diffusant de la musique douce et lisait un ouvrage rassemblant des œuvres de peintres pompiers du dix-neuvième siècle.

— À l'exception de ce témoignage oculaire, dont je ne conteste pas l'importance, disposez-vous d'une preuve matérielle ?

Le visage de Scott Marlow était radieux.

— Une preuve décisive, en effet ; ajoutée au témoignage oculaire, elle ne laisse subsister aucun doute sur la culpabilité de Drusilla Wharton. Encore fallait-il utiliser toutes les ressources de la police scientifique.

Adepte du progrès technique qui, selon lui, supprimerait dans l'avenir toute possibilité de crime parfait, le superintendant triomphait.

— Un cheveu, Higgins, un simple cheveu recueilli sur le dos de la victime.

— Ne lui appartenait-il pas ?

— Eh non ! Lady Anna-Lisa avait de beaux cheveux noirs naturels ; malgré son âge, pas un seul cheveu blanc. Celui que nous avons analysé était long et coloré ; d'après une étude approfondie, il appartenait à une personne de sexe féminin en excellente santé, d'une cinquantaine d'années, possédant une chevelure auburn, donc châtain roux aux reflets cuivrés, d'une luminosité exceptionnelle. Lorsque je me suis rendu chez Drusilla Wharton pour lui faire part des soupçons qui pesaient sur elle, il m'a suffi de la voir pour lui signifier son arrestation.

— Comment a-t-elle réagi ?

— Elle a paru abasourdie et m'a suivi sans

protester. Inutile de préciser qu'un examen scientifique incontestable a prouvé que le cheveu perdu sur le cadavre de sa victime lui appartenait bien.

— Comment reconstituez-vous le crime, superintendant ?

— Sachant que le colonel et le *butler* étaient absents, Drusilla Wharton a rendu une visite impromptue à son amie Anna-Lisa. Pourquoi cette dernière se serait-elle méfiée? Elles ont bavardé un moment, puis Drusilla Wharton demanda à lady Anna-Lisa de se mettre au piano pour lui jouer l'un de ses airs favoris. Puis elle s'empara de la statuette et accomplit son acte criminel.

Higgins nota avec soin la version du superintendant.

— Des empreintes, sur la statuette ?

— Uniquement celles de lady Anna-Lisa; l'absence de celles de la meurtrière prouve qu'elle avait mis des gants. C'est un indice incontestable de préméditation, à mon avis.

— L'avocat de la défense ne vous suivra pas sur ce point.

— Peu importe; la cause est entendue, ne trouvez-vous pas ?

— Telle que vous la présentez, c'est certain; qui a découvert le corps ?

— Le colonel Schipper, lorsqu'il est revenu de son banquet d'anciens combattants, peu après minuit. Il a aussitôt alerté Scotland Yard, j'ai commencé mon enquête sans tarder et rapidement identifié la coupable. Rien de glorieux, je l'admets; n'importe quel débutant aurait abouti à la bonne conclusion... Témoin oculaire plus preuve matérielle irréfutable, n'est-ce pas le cas de figure rêvé ?

— Certes.

— Comme vous le constatez, Higgins, il n'est pas nécessaire de réouvrir ce dossier ; si j'avais eu le moindre doute, croyez-moi, je n'aurais pas agi avec une telle promptitude. En raison de la solidité des preuves, le juge a d'ailleurs refusé toute caution et ordonné l'emprisonnement immédiat.

— Le colonel Schipper doit être effondré.

— C'est un grand soldat qui a l'habitude de cacher ses sentiments ; dans deux ans, lady Anna-Lisa et lui allaient fêter leurs soixante années de mariage. Il est aisé d'imaginer sa détresse.

— Reste un point obscur, superintendant.

Irrité, Scott Marlow fit tourner son verre entre ses mains.

— Je sais, Higgins, je sais... Le mobile.

— Pourquoi Drusilla Wharton a-t-elle tué lady Anna-Lisa ?

— Il faut partir d'un fait indubitable : elle l'a assassinée, ce qui tendrait à prouver que la victime n'était pas *vraiment* son amie.

— Je suppose que vous l'avez interrogée ?

— Pendant des heures !

— Qu'a-t-elle répondu ?

— Toujours le même mensonge : « Je ne l'ai pas tuée, je ne suis pas allée chez lady Anna-Lisa ce soir-là, je suis innocente. » J'ai tenté de la convaincre de m'avouer la vérité, mais en vain. Son système de défense est absurde.

— Ce mobile... Quel serait-il, à votre avis ?

— Je n'ai cessé d'y réfléchir et je pense tenir

une hypothèse solide : une rivalité de mécènes. L'une et l'autre chassaient sur le même terrain, si j'ose dire; d'amies, elles sont devenues rivales. Lady Anna-Lisa était plus brillante que Drusilla Wharton, avait reçu davantage de décorations et de félicitations officielles. La meurtrière s'est lassée d'évoluer dans l'ombre de son aînée; sans doute un conflit professionnel les a-t-il opposées, au point de déclencher une réaction d'une violence extrême.

Higgins nota.

— Sait-on de quelle action de mécénat s'occupait précisément lady Anna-Lisa avant de mourir?

— Même son mari est incapable de le dire! L'énergie de cette femme était inépuisable. Imaginez qu'un jeune artiste ait fait appel à Drusilla Wharton, qui aurait accepté de l'aider, alors que lady Anna-Lisa avait des vues sur lui. En quelque sorte, cette dernière aurait volé son protégé à son amie, qui en aurait conçu une rancune mortelle. Dans les milieux artistiques, la loi de la jungle n'est-elle pas la plus forte?

— Comme dans tant d'autres, en effet; que répond Drusilla Wharton?

— Elle affirme que lady Anna-Lisa et elle ne furent jamais concurrentes et que leur amitié leur interdisait de le devenir.

— Donc, le mobile n'est pas fermement établi.

— C'est vrai, et cette carence m'indispose; néanmoins, les faits sont les faits.

— M'accorderiez-vous la possibilité de découvrir ce mobile?

— Bien volontiers, Higgins... Mais comment vous y prendrez-vous ?

— J'aimerais avoir un long entretien avec Drusilla Wharton.

CHAPITRE V

Drusilla Wharton avait bénéficié d'un régime de faveur, l'intervention de son avocat n'ayant pas laissé insensible l'administration pénitentiaire; aussi résidait-elle dans une cellule relativement spacieuse où elle avait été autorisée à conserver une partie de sa garde-robe.

Sa prestance frappa Higgins; grande, élancée, les yeux noirs, les cheveux auburn d'une luminosité surprenante, elle semblait résister au choc de l'incarcération. Elle se raidit en reconnaissant Scott Marlow.

— Que me voulez-vous encore, superintendant? Inutile de m'interroger de nouveau, puisque vous ne me croyez pas.

— Je n'en ai pas l'intention; permettez-moi de vous présenter mon collègue, l'ex-inspecteur-chef Higgins.

— Votre nom ne m'est pas inconnu.

— J'en suis flatté, madame.

— N'est-ce pas mon ami John A. Crosby qui m'aurait parlé de vous?

— Ce doit être lui, en effet; il est persuadé que vous êtes innocente du crime dont on vous accuse.

— Comme ces paroles sont réconfortantes !

Drusilla Wharton avait une voix douce et mélodieuse ; à soixante ans, elle était une femme superbe dont l'âge n'avait atténué ni la beauté ni la classe. Tantôt, son regard était vif et pétillant, tantôt sombre et presque inquiétant.

— Et vous, inspecteur... Partagez-vous l'opinion de John A. Crosby ?

— Il est également mon ami, et j'apprécie son intelligence et son sens de la mesure.

— Auriez-vous un préjugé... favorable ?

— Ce ne serait pas professionnel.

— À quoi rime votre présence ici ?

— Si vous en êtes d'accord, j'aimerais vous interroger.

— Pour me torturer davantage ?

— Pour forger ma propre opinion.

Bien qu'elle tentât de donner le change, Higgins la sentit tendue et inquiète ; en dépit de l'apparence, la réclusion commençait à exercer ses effets dévastateurs.

La cellule était une pièce propre, grise et froide ; Drusilla Wharton n'avait rien accroché aux quelques clous plantés dans le mur.

— Pourquoi avez-vous tué lady Anna-Lisa ?

— Je ne l'ai pas tuée ; elle était ma meilleure amie, et sa mort tragique m'a causé un effroyable chagrin. Avant de comprendre que l'on m'accusait vraiment, j'ai éprouvé une souffrance qui m'a déchiré l'âme ; pour moi, elle était indestructible.

— N'était-elle pas âgée de soixante-dix-huit ans ?

— Si vous l'aviez connue, les mots de « vieille dame » ne vous seraient pas venus à l'esprit ! Anna-Lisa était infatigable, presque exubérante, dévorait la vie avec un appétit insatiable.

— Quelles étaient ses activités ?

— Le mécénat, sous de multiples formes. Elle s'intéressait à quantité d'expressions artistiques, de la peinture à l'architecture, en passant par la musique ; de nombreux jeunes artistes lui doivent leur carrière. Elle animait des cénacles littéraires, favorisait des rencontres entre des marchands de tableaux et des peintres, dînait avec des critiques, répondait elle-même à un énorme courrier et triait avec soin les solliciteurs.

— Son action n'avait-elle pas été reconnue de manière officielle ?

— Si, par des distinctions honorifiques et des félicitations abondantes dispensées par les autorités culturelles.

— N'en étiez-vous pas jalouse ?

Drusilla Wharton fronça les sourcils.

— Je ne comprends pas la question.

— N'êtes-vous pas mécène ?

— Si, c'est ma passion.

— Entre vous et lady Anna-Lisa, n'existait-il pas une forme de concurrence ?

— De concurrence... Vous plaisantez ? Si je ne me trouvais pas ici, vous m'auriez donné envie de rire. Il y a tant à faire dans ce domaine !

— Ne fûtes-vous pas en compétition, dans certains domaines ?

— Certes pas ! Aurions-nous été assez stupides ?

Higgins, de son écriture fine et rapide, prit des notes sur son carnet noir.

— Si vous en doutez, ajouta-t-elle, renseignez-vous dans les milieux artistiques ; je vous mets au défi de trouver quelqu'un qui vous parlera d'une opposition quelconque entre Anna-Lisa et moi.

Son regard vacilla, comme sa voix.

— Voici plus de trente ans que nous nous connaissons... Si ce terme n'était pas un peu ridicule, je dirais qu'elle m'avait adoptée. Pour moi, elle était beaucoup plus qu'une amie ; un guide, une confidente, une alliée... Les mots sont trop pauvres.

« Quelle comédienne », pensa Scott Marlow, redoutant que Higgins ne se laissât prendre au piège de cette sirène qui jouait avec un art consommé sur le clavier de l'émotion.

— Lors de vos conversations, que je suppose fréquentes, se laissait-elle aller à des confidences ?

— Fréquentes, elles l'étaient ; mais de quoi m'aurait-elle parlé, sinon d'un couple uni depuis tant d'années ? Anna-Lisa était une femme heureuse et épanouie, passionnée par ses activités, sans troubles psychologiques d'aucune sorte.

— Ces derniers temps, n'a-t-elle pas manifesté une quelconque inquiétude ?

— Non, inspecteur ; sinon, cela m'aurait alarmée.

— Remontons plus loin dans le passé ; fouillez dans vos souvenirs, je vous en prie. À un moment ou à un autre, n'a-t-elle pas prononcé des paroles étranges ou adopté une attitude bizarre ?

Drusilla Wharton se concentra longuement.

— Je ne vois pas, inspecteur... Oh, il y avait bien une sorte de plaisanterie... Mais c'est vraiment sans intérêt.

— Dites toujours.

— Il y a deux ans, trois peut-être, nous avons joué à nous demander si nous avions un petit secret que nous gardions par-devers nous ; moi, c'était un goût immodéré pour les fraises à la crème. Et Anna-Lisa m'a confié, en riant : « Mon secret, c'est un canotier, un canal et une tête de mort. » Malgré mon insistance, elle a refusé de m'en dire davantage.

— De quoi s'agissait-il, à votre avis ?

— D'un jeu de mots ou d'une plaisanterie dont elle seule possédait la clé, car elle fut prise d'un fou rire inextinguible.

— En avez-vous reparlé ?

— Jamais.

— Aucune signification ne vous apparaît ?

— Aucune.

Scott Marlow soupçonna Drusilla Wharton d'inventer n'importe quoi pour prolonger un entretien qui l'arrachait à la solitude.

Néanmoins, elle avait peut-être commis un faux pas sans s'en apercevoir; aussi le superintendant tenta-t-il sa chance.

— De quels mets se composait le dîner que vous avez partagé avec votre amie, ce fameux soir ?

— Mais... Comment le saurais-je ? Je n'ai pas dîné avec elle !

— Mais si, madame; elle avait même préparé votre dessert préféré, des fraises à la crème !

— Non, superintendant, non et non !

— Un indice de plus contre vous.

— Comment vous convaincre de mon innocence ?

— Comment vous persuader d'avouer et de plaider coupable, tout en révélant votre véritable mobile ? Peut-être les jurés le comprendront-ils. Si vous persistez à nier l'évidence, votre condamnation sera très lourde.

— Je persisterai à dire la vérité ; pourquoi m'accuserais-je d'un crime que je n'ai pas commis ?

— Quel genre de musique aimait lady Anna-Lisa ? demanda Higgins.

— Les musiciens de la Renaissance, Haydn, Haendel... Elle détestait les compositeurs romantiques et les airs doucereux.

— Appréciait-elle les peintres pompiers du dix-neuvième siècle ?

— Certes non !

— Jouait-elle volontiers du piano ?

— Elle ne manquait pas de talent, particulièrement dans les sonates de Scarlatti ; pour elle, c'était un moment de détente.

— Vous-même, jouez-vous de cet instrument ?

— Non, inspecteur.

— Lady Anna-Lisa et le colonel George Schipper formaient un couple très uni, semble-t-il.

— Ils avaient vingt ans quand ils se sont connus et ont traversé l'existence ensemble ; la guerre, les épreuves et le quotidien ont forgé une entente inaltérable.

— Jamais de dispute ou de mésentente ?

— Ce n'était pas leur style.

— Vous entendiez-vous avec le colonel Schipper ?

— Nous nous fréquentons et nous nous apprécions.

— Est-ce une réserve ?

— Non, mais il n'a ni les mêmes goûts ni les mêmes centres d'intérêt que son épouse ; pour George, l'art ne présente qu'un intérêt restreint. Comme tous les militaires, il aime parler de son passé et de ses exploits, mais sans abuser de la patience de ses interlocuteurs. Dans son genre, cependant, c'est un esthète ; il apprécie notamment les très bons vins.

— Vous intimide-t-il ?

Drusilla Wharton sourit.

— Un peu, je l'admets ; c'est un bel homme, impressionnant et autoritaire. En réalité, bien que je l'aie souvent croisé, je le connais assez peu.

— Éprouvait-il une crainte quelconque pour la sécurité de sa femme ?

— Si c'était le cas, il ne m'en a pas parlé.

Scott Marlow jugeait inutile les efforts de son collègue ; Drusilla Wharton ne pouvait que mentir et raconter des banalités.

— Et si nous parlions de vous, madame Wharton ? avança Higgins.

CHAPITRE VI

Drusilla Wharton regarda Higgins droit dans les yeux.

— Que voulez-vous savoir, inspecteur ?

— J'aimerais mieux vous connaître.

— À quoi cela vous servira-t-il ?

— À forger mon opinion.

— Et si je refusais de vous répondre ?

— C'est votre droit.

Higgins assista, silencieux, au combat qui se livrait dans l'âme de Drusilla Wharton. D'un côté, elle avait envie de jeter dehors les deux policiers ; de l'autre, de tenter une dernière fois de les convaincre qu'ils se trompaient.

— Je suis la fille unique de parents très riches, l'un et l'autre ; ils sont décédés il y a quinze ans, à quelques mois d'intervalle. Ils étaient simples et généreux, m'ont appris à respecter autrui et à aimer l'art sous toutes ses formes.

— Êtes-vous hostile au mariage ?

— Oui, inspecteur ; je désire mener mon existence comme je l'entends, sans avoir de comptes à rendre à quiconque.

— Pardonnez-moi mon indiscrétion : l'amour n'a-t-il joué aucun rôle dans votre vie ?

— J'ai eu des amants ; aucun ne m'a comblée autant qu'un beau tableau ou une sculpture géniale. Dieu m'a faite ainsi, et je n'en souffre pas.

Scott Marlow, adepte de la morale victorienne la plus stricte, sur laquelle s'était bâti l'empire, jugea cette confidence quasi scandaleuse ; une existence dissolue ne menait-elle pas au crime ?

— Considérez-vous votre activité comme une vocation ? interrogea Higgins.

— J'ai peut-être cette vanité ; aider autrui à réaliser un rêve, n'est-ce pas merveilleux ? C'est sans doute un comportement plus égoïste qu'il n'y paraît, mais les œuvres naissent, et c'est l'essentiel.

— Vous protégez beaucoup votre vie privée, semble-t-il.

— C'est essentiel, inspecteur ; sinon, ma demeure serait envahie de quantité d'artistes, les uns reconnaissants, les autres pleurnichards. Comme mon emploi du temps est surchargé...

Soudain, elle s'interrompit, la voix brisée.

— Je voulais dire... « était surchargé ». Ici, dans cette cellule, il n'y a que la lecture et les souvenirs.

— En temps normal, vous ne cessiez donc de courir d'un endroit à l'autre.

— Exactement, inspecteur ; c'est pourquoi j'avais le plus grand besoin de calme et de solitude, chez moi, dans ma maison de Mayfair.

— Aucun domestique ?

— Non, une femme de ménage, une fois par

semaine ; je déjeune et je dîne la plupart du temps au restaurant. Faire quelques courses et conduire moi-même ma voiture sont des distractions.

— Une coquetterie de votre part ?

— Si vous voulez... Mais ne pensez pas à une quelconque mortification ! J'aime le luxe et l'argent, je porte des robes de grands couturiers et ne me prive de rien.

— Vous avez donc, chez vous, une superbe collection de tableaux de maîtres.

Elle sourit de nouveau, presque amusée.

— Non, je n'en possède aucun.

— Une autre coquetterie ?

— Mon havre de paix est luxueux, mais très dépouillé ; j'y oublie mon métier, rien ne me le rappelle.

— Quels sont vos peintres préférés ?

— Van Gogh, Turner et Léonard de Vinci... Auriez-vous vous-même des goûts picturaux, inspecteur ?

— Turner est un génie tout à fait fascinant ; j'apprécie sa communion presque instinctive avec des couleurs qui semblent jaillir d'un autre monde.

— Seriez-vous aussi critique d'art ?

— Non, un simple observateur.

Marlow estimait cet entretien sans intérêt ; Turner était une gloire nationale, certes, mais le superintendant appréciait davantage les portraits officiels de la reine Victoria. La grande souveraine, calme et digne, incarnait les vertus de l'Angleterre triomphante et dominatrice.

— Qui receviez-vous, à votre domicile de Mayfair ? interrogea Higgins.

— Personne.

— Aucune exception ?

— Aucune.

— Même lady Anna-Lisa et son mari ?

— Même eux ; telle est ma règle de vie, et je m'en trouve bien.

— En revanche, vous leur rendiez souvent visite.

— Souvent, en effet ; déjeuner, prendre le thé ou dîner avec eux était un plaisir.

— Le colonel était-il toujours présent ?

— Non, car il a conservé de nombreuses activités dans les cercles d'anciens combattants.

— Me permettez-vous de vous poser une question très indiscrète ?

— Au point où j'en suis, inspecteur...

— Perdez-vous vos cheveux ?

— Est-ce si important ?

— Peut-être.

— Eh bien... je les perds normalement. Pas de chute inquiétante.

— Votre magnifique couleur auburn est-elle naturelle ?

— Tout à fait ; je n'ai jamais utilisé de teinture.

— Et lady Anna-Lisa ?

— Je ne crois pas... Mais il vaudrait mieux vous en assurer auprès de notre coiffeuse, Diane Hardy. Pourquoi ces questions ?

Scott Marlow intervint avec une certaine brusquerie.

— Auriez-vous déjà oublié que nous avons retrouvé l'un de vos cheveux sur le cadavre de la victime ? Vous l'avez perdu en la frappant mortellement.

— C'est grotesque, superintendant ! Rien ne prouve que ce cheveu m'appartenait.

— Les expertises sont formelles ; ce cheveu est une preuve, madame.

— Je l'ai perdu quand nous nous sommes embrassées, probablement.

— Vous avouez donc vous être rendue chez Anna-Lisa, ce soir-là ?

— Mais non ! Je veux parler d'un autre jour.

— Ce cheveu se trouvait sur son dos ; il signe votre meurtre. Et c'est bien lors de cette soirée tragique que vous l'avez perdu, à votre insu.

— L'arme du crime est une statuette en bronze du dix-huitième siècle représentant un faune, rappela Higgins ; était-ce l'une des œuvres préférées de lady Anna-Lisa ?

Drusilla Wharton parut gênée.

— J'ai promis de dire toute la vérité, je la dirai donc ; ce bronze est le dernier cadeau d'anniversaire que j'ai offert à Anna-Lisa.

— Vous aviez omis de me donner ce détail, déclara Marlow, sévère ; vous rendez-vous compte qu'il aggrave encore votre cas ?

— Je suis innocente, superintendant.

— Un témoin vous a vue sortir de chez lady Anna-Lisa après avoir commis votre crime.

— Ce n'était pas moi.

— La princesse Mirichka Leonskaia est formelle.

— Connaissez-vous cette personne ? demanda Higgins.

— Oui, nous nous sommes croisées à plusieurs reprises.

— Vous a-t-elle adressé la parole ?

— Nous avons échangé quelques propos.

— Elle était donc apte à vous reconnaître sans possibilité de se tromper, conclut Marlow.

— Ce soir-là, elle s'est trompée ! protesta Drusilla Wharton. J'étais chez moi et j'attendais un appel de l'étranger.

— Qui devait vous contacter ? interrogea Higgins.

— Je l'ignore ! Vers 20 heures, quelqu'un m'a appelée pour me demander de ne pas m'éloigner de mon téléphone ; on devait me contacter afin de traiter une affaire de première importance.

— Ce « quelqu'un » est bien vague ; homme ou femme ?

— Une drôle de voix... Je ne saurais dire.

— Pourtant, vous avez pris ce correspondant anonyme au sérieux ?

— Il a marmonné un nom étranger que je n'ai pas compris... Sans doute un agent artistique qui voulait me mettre en contact avec un peintre ou un sculpteur. C'est une pratique assez courante.

— Votre numéro de téléphone ne serait-il pas confidentiel ?

— Impossible, inspecteur ; beaucoup de professionnels le possèdent.

— Jusqu'à quelle heure avez-vous patienté ?

— Jusqu'à minuit, environ... Puis la fatigue m'a gagnée et j'ai tenté de m'endormir ; mais j'étais si énervée par cette attente interminable et stérile que j'ai dû prendre un somnifère. Lorsque je me suis réveillée, je souffrais d'une abominable migraine. Le temps de boire un café noir et de m'habiller, Scotland Yard m'arrêtait.

— Réfléchissez bien, pria Higgins ; quel

autre élément pourriez-vous me procurer pour affirmer votre innocence ?

— Je n'en ai qu'un : je n'ai pas assassiné Anna-Lisa.

— Ne vous obstinez pas, recommanda le superintendant ; votre culpabilité est bien établie.

— Quoi que vous pensiez, je continuerai à dire la vérité.

Drusilla Wharton regarda Higgins.

— Votre opinion est-elle forgée, inspecteur ?

— Je dois réfléchir.

— Me laissez-vous un espoir ou partagez-vous sans réserves l'opinion de votre collègue ?

— Il est de mon devoir d'en discuter avec lui et de mener quelques investigations complémentaires ; quand cette tâche sera achevée, je vous promets de revenir vous voir.

CHAPITRE VII

Higgins invita Marlow à boire une pinte de « Drum Treble Gold » au Salisbury, que d'aucuns considéraient comme le pub le plus victorien de Londres, en raison du style impeccable de ses lustres, de ses glaces gravées, de ses tables de cuivre et de ses banquettes.

Le superintendant ne cacha pas sa contrariété.

— J'ai le sentiment que les beaux discours de cette criminelle vous ont convaincu, Higgins.

— C'est beaucoup dire, mon cher Marlow ; ne la trouvez-vous pas émouvante ?

— On ne bâtit pas une enquête criminelle sur des émotions ; les faits sont établis, les preuves formelles. Vous souhaitiez un entretien, vous l'avez eu ; il ne vous a rien appris.

— Il subsiste pourtant quelques zones d'ombre.

— « Canotier, canal, tête de mort »... J'étais sûr que ces mots sans signification retiendraient votre attention ! Ce n'est qu'une manœuvre de diversion, Higgins ; Drusilla Wharton invente n'importe quoi pour vous lancer sur une fausse piste et semer le doute dans nos esprits.

— Ce serait une manœuvre sans grand intérêt.

— Au contraire ! En vous faisant croire que lady Anna-Lisa était menacée, elle tente de repousser les soupçons vers quelqu'un d'autre. « Tête de mort »... Rocambolesque ! Elle ne pouvait inventer mieux !

— Reconnaissez que « canotier » et « canal » sont nettement moins inquiétants ; un canotier ne ressemble pas à une arme et lady Anna-Lisa n'est pas morte noyée dans un canal. Et vous n'avez ramassé aucune tête de mort à proximité du cadavre de la victime.

Le superintendant se détendit.

— Vous constatez vous-même que ce galimatias n'a aucun sens ; lady Anna-Lisa a voulu se moquer de son amie.

— L'humour ne semblait pas être un trait dominant de son caractère.

— Argument insuffisant, Higgins ; je parie sur un trait d'ironie.

— Seriez-vous très contrarié si je le prends quand même au sérieux ?

Marlow savait qu'il n'avait aucune chance de convaincre Higgins de renoncer à poursuivre son enquête ; l'obstination de l'ex-inspecteur-chef n'était-elle pas légendaire ?

— Dites-moi, Higgins... Quelle est votre véritable opinion ?

— Je suis troublé.

— Troublé ! Mais les faits, Higgins... Vous ne pouvez pas les nier !

— Loin de moi cette idée ; mais convenez, mon cher Marlow, que la femme que nous avons interrogée ne ressemble pas à une criminelle froide et déterminée.

Le superintendant fut perturbé, mais reprit vite contenance.

— Qui vous dit qu'elle a agi avec froideur? Supposons qu'une violente dispute ait opposé les deux femmes et que, sous l'empire de la colère, Drusilla Wharton ait frappé lady Anna-Lisa.

— Impossible.

— Pourquoi ?

— Parce que lady Anna-Lisa ne se serait pas mise au piano en tournant le dos à la femme avec laquelle elle se disputait. Une certitude, mon cher Marlow : ce fut bien un crime prémédité, avec sang-froid et précision.

— Vous en revenez à ma conviction première.

— Sur les circonstances du meurtre, oui; mais nous ne connaissons toujours pas le mobile.

— Cette lacune vous amènerait-elle à remettre en cause la culpabilité de Drusilla Wharton ?

— Par pure exigence professionnelle, à la mettre en doute, jusqu'à ce qu'aucune ombre ne subsiste.

— Et cette exigence va... jusqu'où ?

— J'aimerais beaucoup rencontrer la princesse Mirichka Leonskaia.

***

— Quelle joie et quel honneur de recevoir Scotland Yard dans ma modeste demeure ! s'exclama Mirichka Leonskaia. Jamais je n'aurais osé l'espérer... Aujourd'hui, la chance est revenue et comble mon cœur en exil !

Le grand salon de la princesse était un authentique bric-à-brac où s'entassaient aquarelles, vaisselle ancienne, mobilier plus ou moins vermoulu, et souvenirs familiaux d'une Pologne aristocratique à jamais disparue.

— Mon père était chevalier, révéla-t-elle, et il a été tué en chargeant un char allemand dont l'ignoble carcasse d'acier a résisté à sa lance ; n'est-ce pas un scandale ?

— Certainement, approuva Higgins.

La princesse considéra le superintendant avec sévérité.

— Votre imperméable est froissé et il lui manque un bouton.

Affreusement gêné, Marlow ne sut que rétorquer.

— Ne bougez pas, je vais vous en coudre un approchant ; un policier de Sa Gracieuse Majesté ne doit pas être négligé.

Marlow n'eut pas le loisir de protester ; utilisant son nécessaire à couture, la princesse s'attacha à réparer l'outrage.

— Vous êtes très observatrice, remarqua Higgins.

— Une qualité familiale, inspecteur. Ici, je m'ennuie de mon pays natal, de ses hivers glacés, de ses étés brûlants, de ses plaines immenses, de ses chants et de ses danses... Alors, j'observe. J'observe l'Angleterre, les Anglais et leurs coutumes.

Un énorme chien, un schnauzer géant poivre et sel, s'aventura dans le grand salon, sauta par-dessus un carton à chapeau et se coucha aux pieds de Higgins qui lui caressa doucement le sommet du crâne.

— Il s'appelle Chopin, révéla la princesse, et il adore la musique romantique ; puisqu'il ne vous a pas sauté à la gorge, c'est qu'il vous apprécie.

— Un chien intelligent et affectueux.

— Certes, mais avec du caractère, comme moi ! Son affection remplace celle de mon défunt mari.

— Le promenez-vous souvent ?

— Trois fois par jour, nos randonnées dans le quartier sont des rites sacro-saints. Chopin a ses habitudes et ses horaires.

— Le soir, vous le sortez toujours à la même heure ?

— Toujours, à 22 h 45 précises.

— La nuit de l'assassinat de lady Anna-Lisa, ce fut bien le cas ?

— N'en doutez pas, inspecteur ; d'une part, Chopin ne se trompe jamais, d'autre part, j'ai regardé ma montre.

— Que s'est-il passé ?

— Chopin et moi nous nous apprêtions à traverser la rue quand nous aperçûmes Drusilla Wharton qui sortait de manière précipitée de chez les Schipper et s'est enfuie en courant.

— Aucune possibilité de vous tromper ?

— Aucune, inspecteur ; la pleine lune et les lampadaires diffusaient une lumière abondante, et je possède une excellente vue.

— Vous connaissiez bien Drusilla Wharton ?

— À plusieurs reprises, nous avons échangé quelques propos ; elle m'est apparue comme une femme raffinée, cultivée et intelligente. Chopin l'appréciait.

— Venait-elle souvent chez les Schipper ?

— Assez souvent.

— Comment expliquez-vous son comportement ?

— Je ne l'explique pas, inspecteur, il était tout à fait anormal.

— Étiez-vous une amie des Schipper ?

— Une simple voisine ; ils m'ont invitée une fois à prendre le thé et je leur ai rendu l'invitation.

— Lady Anna-Lisa vous parut-elle sympathique ?

— À la vérité, un peu hautaine et imbue de son appartenance à la *Gentry*. Sa conversation était brillante, j'ai passé d'excellents moments en sa compagnie, mais nous n'avions aucune chance de devenir intimes.

— A-t-elle évoqué un canotier, un canal ou une tête de mort ?

La princesse Mirichka Leonskaia leva des yeux étonnés.

— Lady Anna-Lisa était une femme raisonnable !

— Son mari a-t-il paru moins distant ?

— Il a raconté des souvenirs de guerre qui ne me passionnèrent pas ; un gradé vit souvent de ses exploits. Écartez-vous, superintendant.

La princesse contempla son œuvre.

— Le bouton est un peu différent, mais vous avez de nouveau une allure respectable.

— Pardonnez-moi de vous importuner avec un détail quelque peu trivial, avança Higgins, mais de quels moyens d'existence disposez-vous ?

— Fortune familiale depuis longtemps investie à Londres ; c'est pourquoi je peux vivre paisiblement de mes rentes et de mes souvenirs.

Le schnauzer géant lécha la main de Higgins.

— N'avez-vous pas eu des ancêtres chevaliers, inspecteur ?

— Qui sait, princesse ? Le passé est rempli de surprises.

— Chopin ne se comporte ainsi qu'avec d'authentiques aristocrates.

— Auriez-vous un détail insolite à nous décrire, concernant Drusilla Wharton ?

— Non, inspecteur.

— Et concernant les Schipper ?

— Pas davantage. Dites-moi... Pourquoi cette femme élégante et charmante a-t-elle commis un meurtre ?

— Désolé de ne pouvoir vous répondre, princesse : secret de l'enquête.

— J'attendrai le jugement.

CHAPITRE VIII

— Que pensez-vous de mon témoin oculaire ? demanda Marlow.

— Il est de grande qualité.

— Ah, vous voyez bien ! Est-il nécessaire d'aller plus loin ?

— En théorie, non.

— Mais en pratique ?

— Il y a toujours ce mobile; pourquoi la coupable persiste-t-elle à se taire ?

— Parce qu'il est inavouable ! Tuer sa meilleure amie par jalousie professionnelle n'attirera pas l'indulgence du jury; elle préfère laisser planer un doute, en croyant qu'il lui sera profitable.

— N'oublions pas le maître d'hôtel.

Scott Marlow se renfrogna.

— Je vous ai promis de vérifier, nous vérifierons.

— Auparavant, j'ai une visite à faire; ensuite, je vous rejoindrai au Yard.

⁂

Sir Arthur Mac Crombie, colonel en retraite,

appartenait au cercle très restreint des amis de l'ex-inspecteur-chef, lesquels avaient pour règle d'or la fidélité à la parole donnée et l'entraide dans n'importe quelle circonstance, toutes affaires cessantes.

Militaire depuis l'origine des Mac Crombie qui se perdait dans les nuits chaudes du Moyen Âge, le colonel continuait à vivre avec la discipline des temps héroïques, afin de se préparer au prochain conflit ; il habitait une énorme villa, près de Greenwich, où il avait amassé dossiers, fiches et photographies, qui faisaient de sa collection la mémoire de la Seconde Guerre mondiale. Spécialiste de blagues salaces et de très mauvais goût, il considérait comme des anarchistes tous ceux qui n'adoptaient pas la carrière des armes. Le principal danger demeurait sa cuisinière galloise qui préparait les plats préférés du colonel : sanglier mariné à la groseille, chevreuil à la fraise et autres mets corsés qui maintenaient Sir Arthur Mac Crombie dans une forme physique que bien des jeunes gens lui eussent enviée.

— Higgins, cette vieille canaille ! s'exclama-t-il de sa voix rauque et autoritaire ; te serais-tu enfin décidé à t'engager ?

— J'y songe, Arthur, mais j'aurais un petit problème à te soumettre.

— Encore un crime abominable, je parie !

— Lady Anna-Lisa Schipper.

— Schipper... Ça me dit quelque chose. Schipper, Schipper... Laisse-moi réfléchir. Comment a-t-elle été supprimée ?

— Par-derrière, avec une statuette en bronze qui lui a fracassé la nuque.

— Un crime de lâche. Schipper, ça y est ! C'est un colonel qui s'est illustré pendant la Première Guerre mondiale. Il ne doit plus être de toute première jeunesse.

— Son épouse approchait de quatre-vingts ans, mais elle était superbe et d'une surprenante vitalité.

— La Première Guerre, ce n'est pas ma spécialité ; qu'est-ce que tu voudrais savoir ?

— J'aimerais obtenir quelques détails sur la carrière du colonel Schipper, sur la manière dont il a rencontré sa femme, sur leur vie.

— Enquête difficile.

— Les termes « canotier », « canal » et « tête de mort » ont-ils, de ton point de vue, une signification particulière ?

— « Canotier »... Ce n'est pas une arme de guerre. « Canal »... On s'est souvent battu pour défendre ou conquérir un canal, mais c'est bien vague. « Tête de mort »... Une menace ou un symbole de l'ennemi. Je pense déjà te renseigner sur un point : leurs décorations.

Sir Arthur Mac Crombie consulta un fichier.

— Pour ton colonel, une belle brochette ! La *Victoria Cross*, la *Military Cross* et le *Distinguished Service Order*, en récompense d'actes d'héroïsme accomplis notamment en Belgique. Elle a été décorée, pour services rendus dans le corps de la W.A.A.C'S, les *Women's Auxiliary Army Corps*, auquel elle appartenait. Voici un premier point d'acquis : ce sont bien des héros, l'un et l'autre. Pour en savoir davantage, tu vas consulter un autre héros, Donald Caldwell, qui appartenait à tous les clubs d'anciens combattants de la Grande Guerre et en sait davantage que les archives officielles. Je t'écris un mot de recommandation ; sans cela, il ne te recevrait pas.

⁂

Donald Caldwell habitait l'une des superbes maisons géorgiennes de Church Row, dans le paisible quartier de Hampstead, au nord de Londres ; une grille en fer forgé précédait une petite allée sablée qui aboutissait à une porte peinte en noir. Les hautes fenêtres à petits carreaux, au large rebord peint en blanc, tranchaient sur le rouge brique de la façade.

Higgins fut plutôt mal reçu par une vieille dame très ridée qui se présenta comme la sœur de Donald Caldwell et affirma que son frère, fatigué, ne recevait plus aucun visiteur. L'ex-inspecteur-chef lui donna la lettre de Sir Arthur Mac Crombie, en espérant qu'elle servirait de sésame.

Un quart d'heure plus tard, Higgins fut introduit dans un petit salon victorien, faiblement éclairé ; près de la cheminée, un vieillard assis dans un fauteuil de cuir, les genoux recouverts d'un plaid.

— Qui êtes-vous ?

— Inspecteur Higgins, de Scotland Yard.

— C'est bien ce qu'indique la lettre de Mac Crombie.

— Il est l'un de mes meilleurs amis.

— Tant mieux ; qu'est-ce que vous me voulez ?

— Pourriez-vous me parler d'un héros de la Grande Guerre, le colonel Schipper ?

— Héros... Je n'aime pas ce mot-là. Schipper a fait son devoir, comme les autres, et il a eu de la chance de ne pas être tué.

— L'avez-vous personnellement connu ?

— C'est un fier gaillard ; je le croise encore dans certaines réunions d'anciens combattants. Il tient bien la bouteille et possède un excellent coup de fourchette ; on lui donnerait bien vingt ans de moins, comme à son épouse. Quelle superbe femme, cette Anna-Lisa ! Si elle avait été libre...

— J'ai une triste nouvelle à vous apprendre, monsieur Caldwell.

— Schipper ?

— Non, son épouse.

— Elle paraissait pourtant en bonne santé.

— Il s'agit d'un crime.

— Un crime, par saint George ! Avez-vous arrêté l'assassin ?

— Nous tenons une suspecte.

— Pourquoi a-t-elle fait ça ?

— Je tente de comprendre.

— Une jalouse de la fortune et du bonheur des Schipper, c'est certain... Le colonel doit être effondré. Pauvre vieux camarade... J'espère qu'il tiendra le coup, comme pendant la guerre. Savez-vous qu'ils s'étaient rencontrés dès le début du conflit, en Belgique, près d'Antwerp, si ma mémoire est bonne ? Un coup de foudre ; ils se sont mariés aussitôt. Lui était déjà officier, elle servait dans le W.A.A.C'S, cet admirable corps d'auxiliaires féminines qui n'hésitait pas à secourir les blessés derrière les lignes adverses.

— La famille de George Schipper était riche, me semble-t-il ?

— Richissime.
— Et celle de lady Anna-Lisa ?
— Pauvre. Son nom de jeune fille est Abscott ; elle sortait d'un milieu misérable, et n'a pas hésité à s'engager pour défendre son pays. Cette différence de classe et de fortune ne les a pas empêchés de se marier et d'être heureux pendant près de soixante ans. Quel horrible drame, inspecteur... Je suis persuadé qu'ils auraient vécu ensemble jusqu'à cent vingt ans.
— Ont-ils eu des enfants ?
— Non ; les médecins le leur avaient interdit.
— En ont-ils souffert ?
— Pas que je sache. Après la guerre, le colonel Schipper a occupé de hautes fonctions dans l'administration militaire et son épouse s'est lancée dans le mécénat artistique. Pour eux, le mot « retraite » n'a jamais eu la moindre signification ! Leur activité restait débordante ; personne ne croyait que l'un d'eux disparaîtrait un jour. Songez qu'ils avaient traversé toute cette abominable guerre ensemble, sortant indemnes de mille dangers ! Ils s'appelaient encore « *darling* », comme de jeunes fiancés, se regardaient comme s'ils se voyaient pour la première fois.
— Ont-ils voyagé ?
— Beaucoup ; ils ont passé plusieurs années en Inde où George Schipper a occupé un poste important. Il évoque souvent les ultimes heures glorieuses de notre empire, ses séjours à Singapour et à Ceylan. Les Schipper ont déménagé une bonne trentaine de fois, avec la même envie de découvrir le monde.
— Avaient-ils des ennemis ?
— Pas à ma connaissance.

— Le nom de Drusilla Wharton vous est-il familier ?

— Non.

— Il est possible que lady Anna-Lisa ait été assassinée à cause d'un canotier, d'un canal et d'une tête de mort ; ces termes évoquent-ils des souvenirs ?

— Personne ne portait de canotier dans l'armée... « Canal » pourrait être le nom de code d'une opération ou celui d'un espion. Dans ce domaine, j'ai un vieil ami plus compétent que moi, Cliff Robson ; allez le voir de ma part ; il habite près de la gare d'Essex Road, dans Islington.

— Et « tête de mort » ?

— Pour un vétéran de la Grande Guerre, c'est un mot familier et sinistre. Les chars allemands étaient décorés de cet horrible symbole destiné à effrayer nos troupes.

— Quel rapport avec le colonel George Schipper et son épouse ?

— George a dû en charger plus d'un, avec ses troupes !

— Avez-vous le nom d'un spécialiste de ces chars ?

— James Clerken.

Higgins présenta au vétéran une page blanche de son carnet noir et lui prêta son stylo pour qu'il inscrive les adresses de Robson et de Clerken.

— Je n'ai pas l'impression de vous avoir beaucoup aidé, inspecteur.

— L'avenir le dira, monsieur Caldwell.

CHAPITRE IX

— Du nouveau, Higgins ?

— Difficile à dire, mon cher Marlow.

— Une piste sérieuse ?

— Des éléments à préciser.

— Rien de déterminant ?

— Rien.

— Drusilla Wharton n'est donc pas innocentée.

— Certes pas.

— Pourquoi vous obstiner ?

— Quelque chose me trouble.

— Quelque chose... que vous pouvez nommer ?

— Pas encore ; j'ai une nouvelle requête à vous adresser.

— Je n'oublie pas le maître d'hôtel, mais je suis accablé de dossiers administratifs.

— J'aimerais un entretien avec le colonel George Schipper.

— Vous n'y pensez pas, Higgins ! Ce malheureux porte le deuil de son épouse et vous voulez le torturer avec d'inutiles questions !

— Seraient-elles si inutiles ?

— Interroger le colonel Schipper risque de

provoquer un scandale, ce personnage a des relations et il portera plainte pour persécutions policières.

— N'est-il pas naturel d'approfondir votre enquête pour éviter tout risque d'erreur ? Il devrait le comprendre.

— C'est extrêmement délicat ! Pour lui, cette enquête est terminée.

— Vous saurez le convaincre, j'en suis sûr.

***

Les sens interdits habituels avaient été modifiés ; aussi la Bentley de Scott Marlow fut-elle obligée d'aller à droite lorsqu'elle souhaitait aller à gauche, et inversement. La conduite automobile, en Grande-Bretagne, reposait en grande partie sur un code non écrit que les habitués respectaient d'instinct ; quant aux étrangers, déjà fortement perturbés par la position inhabituelle du volant et la conduite à gauche, ils froissaient une certaine quantité de tôles sans parvenir à comprendre d'où venait exactement le danger. Un policeman, digne et inefficace, regardait les automobiles s'égarer avec une belle constance.

Grâce à une habile stratégie, Scott Marlow réussit à pénétrer dans le quartier de Mayfair, délimité par Piccadilly, Park Lane, Oxford Street et Regent Street. Ce sanctuaire de la *Gentry* n'était, à l'origine, que le champ de la foire de mai supprimée par George III ; Mayfair l'aristocratique s'était développé autour de magnifiques squares, aménagés au début du dix-huitième siècle, et dont les pelouses atteignaient la perfection. Les platanes géants de Berkeley Square, plantés en 1790, s'affirmaient comme l'une des gloires de Londres.

La vieille Bentley passa devant les magasins chics, les officines des tailleurs de luxe, les clubs prestigieux et les palaces, puis se dirigea vers Hyde Park, bordé de luxueuses résidences auxquelles certains Londoniens reprochaient une relative froideur. À Mayfair, avait écrit un diplomate français, Paul Morand, vivaient des personnes de qualité capables de « ne pas reconnaître quelqu'un qui ne leur a été présenté que quatre ou cinq fois ».

Scott Marlow ne se sentait pas à l'aise; certes, le colonel George Schipper avait accepté de recevoir les représentants de Scotland Yard, mais comment se comporterait-il face à eux? Qu'un membre de la *Gentry* émît une plainte vigoureuse, et la carrière du superintendant était en péril.

La vieille Bentley s'arrêta devant un hôtel particulier à trois étages dont la façade s'ornait d'atlantes en marbre coloré et dont le portail monumental était surmonté de feuilles d'acanthe en stuc.

— Êtes-vous toujours décidé? demanda Marlow; nous pourrions annuler le rendez-vous.

— Rencontrer un héros n'est-il pas passionnant?

— Soyez très prudent, Higgins; ce n'est pas un homme commode.

Le superintendant sonna à la grille qui s'ouvrit automatiquement lorsqu'il eut décliné son identité à l'interphone.

Pas un brin d'herbe ne dépassait de la pelouse

entretenue avec un soin extrême. Sur le perron les attendait le *butler*, Jepherson Normaid. À cinquante-sept ans, il était d'une suprême distinction; du haut de son mètre quatre-vingts, il dominait la situation. Vêtu d'un costume noir, d'un gilet rayé avec des bandes noires et jaunes en alternance, d'une chemise blanche à col empesé orné d'un nœud papillon à larges ailes, Jepherson Normaid avait des cheveux blancs et des favoris épais et bien taillés. Le visage allongé, les sourcils très fins, le nez pointu, les lèvres minces et quelque peu dédaigneuses, le *butler* régnant sur la demeure des Schipper ne semblait guère disposé à accueillir des policiers.

— Superintendant Marlow et inspecteur Higgins, je présume?

— Le colonel nous attend.

— Si ces messieurs veulent bien se donner la peine d'entrer.

— J'aimerais vous parler en particulier, dit Higgins.

Jepherson Normaid eut un haut-le-corps.

— Mon emploi du temps est extrêmement chargé, inspecteur.

— Vous vous occupez de tout?

— De tout, comme il se doit.

— Auriez-vous cependant l'obligeance de nous réserver un moment?

— Je demanderai cette faveur au colonel; je tiens à vous signaler qu'il apprécie beaucoup la ponctualité et que l'heure exacte de votre rendez-vous est survenue.

L'intérieur de l'hôtel particulier était un hymne au beige clair. Partout, des sculptures représentant des motifs floraux. Un remarquable escalier de marbre blanc, doté d'une rampe en fer forgé provenant d'un château du dix-septième siècle, grimpait jusqu'à un immense palier, véritable musée consacré à des trophées de chasse.

Le *butler* introduisit les deux policiers dans un salon cossu décoré de tapisseries consacrées aux scènes guerrières de l'*Iliade*. La bibliothèque en acajou était remplie d'ouvrages consacrés à l'art de la guerre et à l'histoire de l'Angleterre; devant une cheminée ancienne surmontée d'une pendule en or massif, plusieurs fauteuils Louis XVI.

Un homme grand et mince, beau et viril, l'air martial, le front carré, le nez très droit, les cheveux blancs, se leva.

— Heureux de vous recevoir, messieurs; voulez-vous vous asseoir?

Très gêné, Marlow s'installa sur un fauteuil, du bout des fesses; Higgins fit quelques pas dans le bureau.

— Cet endroit est très agréable, colonel; puis-je néanmoins vous présenter mes condoléances?

— Je les accepte, inspecteur; puis-je vous demander la raison de cette visite?

— Une raison fort pénible, je vous l'avoue; j'aimerais mieux comprendre le mécanisme de ce crime abominable et percer le mobile de Drusilla Wharton.

Marlow redoutait une explosion de la part du veuf, mais ce dernier posa une question inattendue.

— Vous êtes bien l'inspecteur Higgins qui a résolu des affaires criminelles particulièrement complexes?

— J'ai eu cette chance.

— Et vous êtes l'ami de Sir Arthur Mac Crombie ?

— J'ai cet honneur.

— Alors, permettez-moi de vous féliciter : des hommes de votre trempe sont l'honneur de l'Angleterre. Avez-vous fait une guerre correcte ?

— Je l'espère.

— Décorations ?

— Vous ne les portez pas non plus, colonel.

George Schipper s'approcha de Higgins et lui donna l'accolade.

— Voilà un gaillard comme je les aime ! Seuls les cuistres et les imbéciles montrent leurs décorations ; en France, rares sont ceux qui n'en portent pas. Nous, nos héros sont plus discrets et laissent leurs rubans dans une commode. Le seul ornement tolérable à une boutonnière, c'est une fleur.

— Affirmatif, mon colonel.

— Nous devrions bien nous entendre, inspecteur, même si vous avez eu le tort de choisir la police au lieu de l'armée ; j'ai entendu Mac Crombie parler de vous lors d'un dîner d'anciens combattants, il ne tarit pas d'éloges sur votre compte. D'après lui, votre intuition est une arme très efficace contre le crime parfait.

— Le destin a joué en ma faveur.

— Vous appliquez une méthode redoutable qui ne laisse rien au hasard.

— Qui a lu avec attention le *Manuel de criminologie* de M.B. Masters parviendrait aux mêmes résultats que moi.

— Vous êtes trop modeste, Higgins.

— Réaliste.

— Traquer des criminels plus retors qu'un Allemand ne doit quand même pas être facile !

— Il m'est difficile de comparer mes enquêtes à vos exploits.

— Ah, mes exploits ! Ma chère femme me reprochait d'en parler trop souvent, mais ce n'était pas par forfanterie, croyez-le bien ; en réalité, je suis tellement heureux d'avoir échappé à une telle quantité de tueries que je ne peux m'empêcher de raconter ces moments fabuleux.

— Je vous comprends.

— Ah, enfin quelqu'un qui me comprend !

— Un détail me stupéfie.

— Lequel, inspecteur ?

— Vous n'êtes pas âgé de soixante-dix-huit ans.

Le colonel éclata de rire, avec une insolente santé.

— Eh si, ces années sont bien là... Et vous êtes le premier qui réussissez à me donner un instant de gaieté depuis la mort tragique de ma femme. Seriez-vous une sorte de magicien ?

— Quel est le secret de votre vitalité ?

— C'était Anna-Lisa ; sans elle, je vais très vite devenir un vieux monsieur fatigué et insupportable. Après soixante années de vie commune, comment et pourquoi continuer à se battre contre l'âge ?

— En mémoire d'elle, il le faut.

— Je n'en ai plus guère envie.

— Aidez-moi au moins à découvrir la vérité, colonel.

CHAPITRE X

— La vérité, répéta le colonel George Schipper, triste et pensif. Comment la supporter ? Comment admettre que la meilleure amie de ma femme soit devenue un assassin sans pitié ? Cette vérité-là, je ne la comprendrai jamais.

— Scotland Yard doit comprendre, colonel ; dans cette perspective, acceptez-vous de répondre à quelques questions ?

Scott Marlow redoutait cette attaque et la réaction du colonel ; ce dernier le surprit de nouveau.

— D'accord, mais pas la gorge sèche !

Après avoir fait quelques pas en direction de la bibliothèque, George Schipper se ravisa.

— J'oubliais que vous êtes en service... Mon *butler* prépare un excellent Darjeeling ; mon épouse était très fière de ses théières Jasper en biscuit bleu, provenant de la manufacture de porcelaine Wedgwood.

L'épreuve.

L'épreuve que Higgins redoutait entre toutes. Comment avouer qu'il était probablement le seul sujet de Sa Gracieuse Majesté à détester le thé ?

— Ne vous donnez pas cette peine, intervint Scott Marlow.

Le colonel se retourna vers les deux policiers.

— Accepteriez-vous... un porto ?

— Avec plaisir.

Apparemment satisfait, George Shipper reprit sa marche en avant et ouvrit un panneau cachant un bar. Il prit une bouteille avec grande douceur.

— Puisqu'il faut noyer son chagrin dans l'alcool, autant choisir le meilleur ; voici l'une de mes superbes bouteilles, messieurs, un *vintage* de 1941, dont la robe est jaune d'or aux reflets verts, et dont le parfum est un mélange de réglisse, de noix et de menthe.

Le colonel remit à ses hôtes des verres en cristal et, selon la règle, fit circuler le porto dans le sens des aiguilles d'une montre. Le faire passer de gauche à droite eût gâché le vin sublime et remis en cause les bases mêmes de la civilisation.

En dégustant le grand cru classé, les trois hommes éprouvèrent le même plaisir rare et exquis ; relativement rares étaient les années dignes de recevoir le label « vintage », et seule une très faible partie de la vendange, 2 à 3 %, pouvait être ainsi étiquetée.

— Ma famille a su acquérir quelques vignes remarquables, au Portugal, dans la vallée du Haut-Douro ; le climat y est très rude, l'hiver glacial, l'été torride, le sol rocailleux, mais la vigne réussit à trouver l'eau à dix mètres de profondeur et à fournir ce vin incomparable que seuls les Anglais apprécient à sa juste valeur. Grenat, pourpre ou topaze, il est doté d'un arôme à nul autre pareil, à condition de vieillir sans traitement ni filtrage. Bien sûr, la vendange a été foulée aux pieds dans des cuves en pierre; vient le moment crucial où l'on adjoint de l'eau-de-vie de vin au moût dont la fermentation est achevée. Alors naît le porto, auquel il faut accorder de nombreuses années de vieillissement pour qu'il devienne vraiment lui-même.

— Extraordinaire, reconnut Higgins.

— Anna-Lisa adorait ce vin; cet horrible soir, nous en avions bu un petit verre avant de nous séparer. Comment me persuader, même aujourd'hui, que je ne la reverrai plus?

— Vous a-t-elle paru inquiète?

— Pas du tout; elle était surmenée, comme d'habitude, mais très gaie et fort heureuse de passer une soirée tranquille.

— Vous avait-elle fait part de ses projets immédiats?

— Se préparer un dîner à son goût, écouter de la musique, lire un bon livre et dormir de bonne heure.

— À quelle heure l'avez-vous quittée?

— Vers 20 heures, pour me rendre à un dîner d'anciens combattants, dans un club de Mayfair.

— À pied?

— Oui, j'aime marcher.

— Le fameux club Victory, je suppose?

— Lui-même; l'avez-vous fréquenté?

— Non, mais quel Anglais n'en a pas entendu parler?

— Nous sommes assez fiers de notre réputation, j'en conviens.

— La cuisine y est excellente, paraît-il.

— Vous pouvez le dire ! La fête fut très réussie, mais pendant ce temps...

La voix du colonel s'assombrit ; pour reprendre contenance, il vida son verre et le remplit du merveilleux liquide.

— À quelle heure êtes-vous rentré ?

— Peu après minuit. J'étais plutôt éméché, mais je savais qu'elle ne m'en voudrait pas ; la lumière était allumée dans le grand salon, et ça m'a étonné.

— Votre *butler* était absent ?

— Oui, il m'avait demandé un congé exceptionnel de deux jours. J'ai avancé dans le salon et je l'ai vue. Elle, Anna-Lisa, affalée sur son piano. D'abord, j'ai cru à un malaise ; ensuite, en m'approchant, mon regard s'est fixé sur sa nuque ensanglantée. Je croyais être victime d'un cauchemar, mais je ne me réveillais pas et ma femme demeurait inerte. Complètement perdu, je me suis accroché à une ultime bouée de sauvetage, le numéro d'appel de Scotland Yard.

— Qu'avez-vous fait exactement avant l'arrivée de la police ? demanda Higgins.

— Ma réponse sera simple : rien. Je suis resté prostré, près du cadavre de mon épouse, en suppliant le ciel pour qu'elle ressuscite. Même aujourd'hui, je ne parviens pas à me persuader qu'elle est partie à jamais. Vous pensez sans doute que je tiens le choc et que mon sang-froid d'officier domine la fatalité. C'est faux, hélas ! Je suis plutôt semblable à une église bombardée, dont l'intérieur a été complètement détruit et dont il ne subsiste que la façade.

Marlow apprécia la dignité du colonel ; c'était

avec des hommes tels que lui que l'Angleterre avait sauvé la civilisation de la barbarie à laquelle tant d'autres nations avaient été incapables de résister.

— Drusilla Wharton me surprend, avoua Higgins; après l'avoir interrogée, je ne comprends toujours pas le mobile qui l'a poussée à tuer sauvagement sa meilleure amie.

— Moi non plus, inspecteur.

— Comment votre épouse et Drusilla Wharton s'étaient-elles rencontrées ?

— Au cours d'un vernissage, me semble-t-il ; comme l'une et l'autre se passionnaient pour l'art et le mécénat, le contact fut facile et immédiat. Depuis de nombreuses années, leur amitié et leur collaboration furent sans tache et sans ombre.

— Jamais de disputes ?

— Jamais.

— Il existait bien une forme de rivalité ?

— Pas de mon point de vue... Mais l'art est un domaine que je connais mal et, pour être franc, il ne m'intéresse guère.

— Drusilla Wharton venait-elle souvent chez vous ?

— Souvent, en effet; mais la réciproque n'est pas vraie. Elle n'ouvrait à personne la porte de son sanctuaire de Mayfair.

— Le soir du meurtre, devait-elle rendre visite à votre épouse ?

— Anna-Lisa ne m'en avait pas parlé, mais Drusilla venait fréquemment à l'improviste, et les deux amies se lançaient dans d'interminables discussions.

— Votre épouse jouait-elle volontiers du piano en présence de Drusilla Wharton ?

— Ça l'amusait de jouer quelques notes d'un musicien dont le nom était venu dans la conversation.

— Quand vous avez découvert le meurtre, colonel, avez-vous songé à Drusilla Wharton ?

— Non, inspecteur; ma tête était complètement vide.

— Lorsque vous avez appris son arrestation, fûtes-vous étonné ?

— Abasourdi. Ma femme la considérait presque comme une fille adoptive.

— Il me faut vous poser une question indiscrète.

Les nerfs de Marlow se tendirent; jusqu'à présent, l'interrogatoire s'était déroulé au mieux, mais Higgins était bien capable de prendre des risques inconsidérés.

— Au point où j'en suis, inspecteur, qu'aurais-je à vous cacher ?

Le superintendant soupira intérieurement; brisé, le colonel ne réagissait plus comme un militaire importuné par des questions de civil.

— Avez-vous couché Drusilla Wharton sur votre testament ?

— Bien entendu, inspecteur; Anna-Lisa et moi n'avons pas pu avoir d'enfants, et notre fortune lui revenait de droit.

Scott Marlow jubilait; ce fameux mobile, il le tenait enfin !

— Drusilla Wharton en a-t-elle été informée ?

— Non, inspecteur.

CHAPITRE XI

Le superintendant fut ébranlé quelques instants ; mais la vérité lui apparut dans un éclair.

— Vous-même ne l'aviez pas informée, colonel, mais était-ce le cas de votre femme ? Entre deux grandes amies, est-il vraiment possible de garder très longtemps un secret comme celui-là ? Une simple allusion, de la part de lady Anna-Lisa, aura suffi ; elle n'a certainement pas résisté au plaisir de lui annoncer cette nouvelle qui prouvait son amitié.

— Possible, estima George Schipper, mais improbable.

— Pourquoi ?

— Parce qu'Anna-Lisa et moi ne nous cachions rien.

— Aviez-vous décidé, de manière formelle, de taire votre décision à Drusilla Wharton ?

— Non.

— En ce cas, déclara Marlow avec assurance, je suis persuadé que, d'une manière ou d'une autre, votre épouse l'a fait connaître à son amie. Drusilla Wharton a décidé de la supprimer et vous auriez été sa prochaine victime.

— Ne dramatisez-vous pas, superintendant ?

— Je crains que non, colonel.

Higgins prenait des notes sur son carnet noir.

— Je me trompe peut-être, colonel, mais j'ai le sentiment que vous connaissiez assez mal Drusilla Wharton.

— Vous n'avez pas tout à fait tort, inspecteur; nous nous fréquentions depuis plusieurs années, mais de manière assez superficielle; comme je vous l'indiquais, l'art et les artistes ont plutôt tendance à m'ennuyer. Vous reprendrez bien un peu de ce *vintage* ?

— C'est un chef-d'œuvre, colonel.

Bien qu'il préférât un whiskey irlandais bien corsé, Scott Marlow ne détestait pas ce vin chaleureux qui répandait dans l'organisme une douce chaleur.

— En tant qu'officier supérieur, avança Higgins, vous étiez un bon observateur de la condition humaine; la guerre vous a appris à juger un caractère.

— Ça valait mieux, en effet ! Une erreur d'appréciation pouvait conduire à la catastrophe.

— Au fond de vous-même, que pensiez-vous vraiment de Drusilla Wharton ?

— Ce n'est pas un soldat, mais une femme et je...

— Bien des femmes ont été présentes sur le champ de bataille.

Le colonel parut gêné; Marlow redouta que Higgins ne fût allé trop loin et déclenchât la colère de l'officier supérieur.

— C'est vrai, et elles ne manquaient pas de courage ! Il y avait aussi les espionnes, qu'il fallait identifier sous peine d'avoir de gros ennuis.

— C'est pourquoi j'aimerais savoir ce que vous pensiez réellement de la meilleure amie de votre épouse.

— Sous-entendriez-vous que mon estime n'était que de façade ?

— À vous, colonel, de me dire si je me trompe.

— Oui et non... J'aime bien Drusilla, mais je ne partage pas sa passion et comprends mal son mode de vie. Elle était l'amie de ma femme beaucoup plus que la mienne, mais j'admirais son enthousiasme et sa combativité. Pas une seconde, je n'ai supposé qu'elle portait en son cœur la haine et la volonté de détruire.

Higgins admira la bibliothèque.

— Beaucoup d'ouvrages rares sur l'art de la guerre, colonel.

— C'est la plus terrifiante des activités humaines, mais aussi la plus passionnante ; nous ne tirerons jamais assez de leçons de l'Histoire.

— La Grande Guerre fut une abominable tuerie.

— C'est vrai, inspecteur ; tout ce qu'avaient imaginé les hommes auparavant sembla ridicule à côté des gigantesques batailles de ce conflit. Pourtant, je n'en garde pas un mauvais souvenir puisqu'il m'a permis de rencontrer Anna-Lisa. Elle appartenait au W.A.A.C'S et servait la cause de la liberté avec un courage exemplaire ; combien de fois s'est-elle aventurée sous le feu ennemi pour arracher des blessés à une mort certaine ? En dépit de conditions de vie plutôt rudes, elle parvenait à rester jolie et pimpante, presque coquette ; le seul fait de la voir redonnait le moral aux soldats les plus épuisés.

— Où vous êtes-vous rencontrés ?

— À Antwerp, en Belgique, où les combats furent très rudes. Ce fut un coup de foudre mutuel, et nous décidâmes de nous marier sur-le-champ, malgré un bombardement ! Nous pensions que notre existence pourrait être très brève, et nous voulions profiter de chaque seconde volée à la mort qui rôdait.

— Comment se déroula la suite de la guerre ?

— Comme nous fûmes vite décorés, elle et moi, l'état-major accepta de ne pas nous séparer ; nous avons passé le plus clair de notre temps au front, avec l'insouciance de la jeunesse et la certitude d'être immortels. Notre amour nous donnait du courage et de la force. Combien d'amis et de jeunes gens sont morts autour de nous, parfois de manière effroyable... Mais nous ne fûmes jamais découragés, persuadés que la barbarie serait vaincue. L'une des périodes les plus atroces, nous la vécûmes dans les tranchées, en France ; j'apportais un point de vue stratégique, mon épouse une nouvelle méthode d'évacuation des blessés. Quelle femme admirable... Jamais fatiguée, jamais plaintive, répondant à la moindre des sollicitations ! Elle aurait mérité les plus hautes récompenses militaires. Et puis la Grande Guerre s'est achevée... Quand les combats ont cessé, nous étions assommés, incrédules, nous avions perdu l'habitude de vivre normalement. Il a fallu reconstruire, bâtir une autre Europe ; le ministère de la Défense m'a confié des tâches administratives, mon épouse a commencé à s'intéresser à la carrière de jeunes artistes qui, en raison de son intervention, ont eu du succès.

Elle s'est alors engagée dans le mécénat, avec son enthousiasme et sa volonté habituels.

— Sa famille était-elle fortunée ?

— Non, mais la mienne l'était ; bien entendu, j'ai mis à sa disposition les moyens nécessaires.

— Avez-vous voyagé ?

— Oui, j'ai obtenu des missions ponctuelles en Europe, en Asie et aux États-Unis, mais mon poste le plus marquant et le plus long fut celui de Delhi, en Inde.

— À quelle date ?

— De 1926 à 1945, avec de fréquents séjours en Angleterre, sauf pendant la Seconde Guerre mondiale que nous avons vécue de manière lointaine, avec une immense angoisse. Depuis le retour de la paix, Anna-Lisa, forte de son expérience internationale, a mené une véritable carrière ; elle était sans cesse surmenée, mais n'aurait pas pu vivre d'une façon différente. Nous avons connu le plus grand des bonheurs, inspecteur, traversé ensemble mille et une épreuves, nous sommes sortis indemnes de dizaines de périls... Et il a fallu que sa meilleure amie brise cette union avec une cruauté et une lâcheté indescriptibles ! Gardez-la bien en prison ; face à elle, je ne répondrais pas de mes actes. Parfois, je regrette la loi du talion ; en certaines circonstances, notre humanisme me paraît inadapté à la situation.

Le colonel vida de nouveau son verre.

— À quoi me consacrer, à présent ? Même mes anciens compagnons d'armes m'ennuient. Sans Anna-Lisa, l'existence est vide. Si, au moins, j'étais un vieillard fatigué et malade, je m'éteindrais en paix, pressé de la rejoindre dans l'au-delà.

— Colonel ! s'exclama Scott Marlow ; vous ne songez quand même pas à...

— Rassurez-vous, superintendant ; un officier supérieur de l'armée britannique, s'il veut se montrer digne de son titre, ne se suicide pas. Quelles que soient les circonstances, et celles-ci sont les plus abominables que j'ai affrontées, il convient de faire face.

George Schipper sortit de sa veste un petit flacon de parfum en cristal de roche.

— Pardonnez-moi, messieurs ; depuis mon séjour dans les tranchées, j'ai besoin de respirer des odeurs suaves. Ouvrons-nous une nouvelle bouteille de porto ?

— Ce ne sera pas nécessaire, répondit Higgins.

— Je sais que l'alcool ne m'apportera ni oubli ni réconfort, et je n'ai pas l'intention de donner l'affligeant spectacle d'un vieil ivrogne ressassant ses souvenirs. Une existence passée dans la dignité ne s'effondrera pas dans la décrépitude.

— Pendant toutes ces années, demanda Higgins, votre épouse a-t-elle eu des ennemis déclarés ?

George Schipper réfléchit.

— Non, franchement non...

— Même en Inde ?

— Au contraire, elle était très populaire, et son départ n'a laissé que des regrets.

— Un pays mystérieux et difficile à percer.

— Nous avons eu de la chance de n'en connaître que les bons côtés ; ses couleurs et sa beauté nous ont enchantés, mais rien ne vaut notre vieille Angleterre.

— Êtes-vous satisfait de votre *butler* ?

— Jepherson ? C'est un extraordinaire professionnel ! Dès que des relations m'ont appris qu'il était libre, j'ai sauté sur l'occasion et l'ai prié de bien vouloir entrer à mon service. Les négociations furent longues et difficiles, car les employeurs potentiels étaient nombreux ; par chance, Jepherson a beaucoup aimé notre demeure de Mayfair et nous a donné la préférence. Anna-Lisa et moi fûmes ravis, je vous l'avoue ! Jepherson a été formé selon les critères les plus traditionnels et les plus sévères, et il ne s'autorise pas la moindre fantaisie.

— Il vous a donc donné toute satisfaction depuis son entrée en fonction.

— Même au-delà, inspecteur ! Premier levé, dernier couché, il s'occupe du plus infime détail avec un souci de la perfection qui force le respect.

— Pas d'autre domestique ?

— Jepherson ne le supporterait pas ! Il est d'un caractère plutôt indépendant et entend être le seul maître à bord.

— Il n'a pas de vie de famille, je suppose.

— Vous n'y pensez pas, inspecteur ! Dans sa profession, ce serait incongru.

— Pourtant, il avait demandé deux jours de congé.

— Pour la première fois de sa carrière, en effet ; il souhaitait rendre visite à sa mère malade. J'aurais pu refuser, bien entendu, mais sa requête m'a paru recevable.

— Nous accordez-vous l'autorisation de l'interroger ?

Le colonel parut surpris.

— Est-ce bien nécessaire ?
— Simple formalité.
— Comme vous voudrez, inspecteur.

CHAPITRE XII

Le colonel Schipper tira un cordon dissimulé le long de la bibliothèque.

Quelques instants plus tard, Jepherson Normaid apparut, raide, compassé et hautain.

— Le colonel désire ?

— Ces messieurs de Scotland Yard aimeraient vous poser quelques questions.

— Le colonel m'autorise-t-il à y répondre ?

— Je vous autorise.

— En ce cas, que ces messieurs veuillent bien me suivre à l'office.

Ce que le *butler* nommait « office » était une sorte de salon dont trois murs étaient garnis de plusieurs placards en chêne.

— Ces messieurs désirent-ils s'asseoir ?

— Nous pouvons rester debout.

— La procédure que vous utilisez me paraît quelque peu choquante, messieurs.

— Pour quelle raison ?

— J'ai le sentiment très net que vous me considérez comme suspect.

— Suspect de quoi ? interrogea Marlow, étonné par l'attitude du *butler*.

— Je l'ignore, et cette lacune accentue le caractère désagréable de cet entretien.

— Vous sentiriez-vous... coupable ?

Jepherson Normaid leva légèrement le menton.

— L'honneur du devoir accompli plaide en ma faveur.

— Vous semblez pourtant redouter la police de Sa Majesté.

— D'une part, superintendant, mon emploi du temps est très chargé ; d'autre part, des policiers de votre rang ne se déplacent pas pour une conversation de *pub* et n'interrogent pas les gens au hasard. Donc, je suis suspect, et cette suspicion m'offense.

— Vous n'ignorez pas que lady Anna-Lisa a été assassinée.

— Bien que je déplore cette catastrophe, il ne serait pas de bon ton que je l'abordasse avec le colonel.

— Avec nous, c'est différent, remarqua Higgins.

— Je n'en suis pas certain, inspecteur.

— Quelles sont vos occupations exactes, monsieur Normaid ?

— Sous réserve des restrictions imposées par le secret professionnel, je peux vous indiquer que je m'occupe de tout dans cette demeure. De tout, et avec discrétion.

— Tenez-vous un livre d'office ?

Le *butler* se haussa du col.

— Où Monsieur a-t-il entendu parler de ce type de document ?

— J'ai bien connu certains de vos collègues.

— Je n'aurais pas l'impudence de demander

à Monsieur à quelle famille Monsieur appartient et où Monsieur réside.

— Tant mieux, monsieur Normaid ; votre livre d'office ?

— J'ai cinquante-sept ans, inspecteur, et une longue expérience professionnelle. Je n'ai donc plus besoin de tenir un livre où seraient consignés les renseignements concernant cette demeure, l'heure du lever du colonel et de son épouse, leurs goûts vestimentaires et culinaires, les fournisseurs attitrés, l'inventaire des alcools, des vins et des provisions, et toutes autres choses dont je suis responsable. Ma mémoire me suffit.

— Les conditions de travail vous satisfont-elles ?

— Si j'ai choisi cette demeure, parmi tant d'autres propositions, c'est parce qu'elle est l'une des plus belles de Mayfair. Le colonel l'a achetée, au lendemain de la Seconde Guerre, à des aristocrates ruinés, et heureusement gardée en l'état. Le salaire est très élevé, je suis nourri, logé et blanchi, je dispose d'une voiture de fonction et de deux heures de loisir après le déjeuner. Par conséquent, je suis très satisfait.

— Comment jugez-vous le colonel Schipper ? interrogea Higgins.

— C'est une question très indélicate.

— Nous menons une enquête criminelle, monsieur Normaid ; j'en suis désolé ; mais j'attends des réponses à toutes mes questions, même indélicates.

— Vous me permettez d'être choqué.

— Votre opinion, monsieur Normaid ?

— Le colonel George Schipper est un

homme de qualité, un héros de la Première Guerre mondiale et un officier supérieur d'une grande tenue. Son autorité est de bon aloi, sa conduite irréprochable. Le servir est un honneur.

— Avez-vous eu l'occasion d'échanger quelques confidences avec lui ?

— C'est hors de question, inspecteur.

— Comment s'entendait-il avec lady Anna-Lisa.

Le menton du *butler* se releva un peu plus.

— Permettez-moi d'être choqué une nouvelle fois.

— C'est bien compréhensible, monsieur Normaid; je suis contraint d'insister.

— Lady Anna-Lisa et le colonel George Schipper formaient un couple exemplaire.

— Jamais une ombre entre eux ?

— Jamais.

— Pas la moindre dispute ?

— Pas la moindre.

— Si vous aviez été le témoin d'un incident quelconque entre eux, me le rapporteriez-vous ?

— C'est peu probable, inspecteur; mais cet incident n'a pas eu lieu.

— Quelles sont les occupations habituelles du colonel ?

— La lecture d'ouvrages historiques, la chasse, les réceptions et les dîners avec ses anciens camarades de combat, notamment au club Victory.

— Et celles de lady Anna-Lisa ?

— Madame possédait une vitalité débordante et s'occupait de mécénat; elle travaillait au moins douze heures par jour et, pour se distraire, pratiquait l'équitation et la natation. Souvent, j'avais l'impression que Monsieur et Madame étaient plus jeunes que moi. Le week-end, nous partions pour la propriété de famille du colonel, un château à une centaine de kilomètres de Londres ; Droughton est un domaine des plus agréables.

— Vous savez, bien entendu, que Drusilla Wharton est accusée d'avoir assassiné lady Anna-Lisa.

— Un acte aussi déplorable que regrettable.

— Vous a-t-il étonné ?

La question prit le *butler* au dépourvu ; pour la première fois, Higgins découvrit une réaction humaine dans son regard. Celle-là s'apparentait à une stupéfaction mêlée d'indignation.

— Comment osez-vous...

— En d'autres termes, avez-vous perçu chez Drusilla Wharton des tendances hostiles à lady Anna-Lisa ?

— Absolument pas, inspecteur !

— Une femme de qualité, d'après vous ?

— On peut le dire.

— Rendait-elle de fréquentes visites à lady Anna-Lisa ?

— Fréquentes, en effet, et parfois inattendues, ce qui entraînait quelques perturbations dans les habitudes de la maison ; mais je suis apte à faire face à ce type de situation.

— Une rivalité professionnelle n'opposait-elle pas lady Anna-Lisa à Drusilla Wharton ?

— Je ne dispose pas des compétences nécessaires pour le constater.

— Aucune dispute, en votre présence ?

— Aucune. Si le climat de cette maison

s'était détérioré, j'aurais immédiatement prévenu le colonel que ma fonction ne pouvait plus être remplie.

Higgins tourna les pages de son carnet noir.

— Les mots « canotier », « canal » et « tête de mort » signifient-ils pour vous quelque chose de précis ?

— Une devinette, inspecteur ?

— Non, une piste sérieuse.

— Le canotier est un chapeau passé de mode, la tête de mort un sinistre emblème, un canal est un canal... Pourriez-vous m'expliquer ?

— Vous prenez peu de vacances, monsieur Normaid.

— Je n'en prends jamais.

— Sauf deux jours, très récemment.

Le *butler* se raidit.

— Un événement exceptionnel qui m'a contraint à demander ce congé au colonel, lequel me l'a accordé avec bienveillance.

— Quel événement, monsieur Normaid ?

— Ma mère venait d'avoir un infarctus.

— Qui vous a prévenu ?

— Un médecin de l'hôpital de Folkestone où elle a été soignée.

— Où avez-vous séjourné ?

— Dans sa chambre, à l'hôpital ; ma présence l'a beaucoup réconfortée, mais je n'ai pu la prolonger. Elle l'a fort bien compris. Par bonheur, si elle respecte une certaine prudence, elle vivra encore de nombreuses années.

— Je le lui souhaite.

— Merci pour elle, inspecteur.

— Vous n'étiez donc pas à Londres, le soir du crime.

— C'est un fait.

— Votre mère était-elle veuve, monsieur Normaid ?

— Hélas ! oui, inspecteur.

— C'est curieux... J'ai l'impression que vous ne m'avez pas tout dit.

— Tout dépend du sujet.

— Je veux parler de l'assassinat de lady Anna-Lisa, bien entendu.

— Sur ce sujet-là, je ne sais rien.

— Et sur d'autres ?

— Ils ne concernent pas Scotland Yard.

CHAPITRE XIII

De son bureau du Yard, Scott Marlow appela l'hôpital de Folkestone et vérifia qu'une Mme Normaid y avait bien été soignée pour un infarctus et que, le soir du meurtre de lady Anna-Lisa, son fils, Jepherson Normaid, avait bien dormi dans sa chambre.

— Satisfait, Higgins ?

— Ce n'est pas une surprise, superintendant.

— Pourquoi cette ultime vérification ?

— Conscience professionnelle.

— Le *butler* est définitivement innocenté, cette fois.

— Qui sait ?

— Mais enfin, Higgins ! L'hôpital vient de confirmer l'alibi de Jepherson Normaid.

— Je ne le conteste pas, mon cher Marlow, mais il est toujours possible de sortir d'une chambre d'hôpital, pendant la nuit, sans se faire remarquer.

— Lors d'une visite de contrôle impromptue une infirmière aurait constaté son absence !

— Il suffisait de façonner une forme appropriée avec des chiffons et de la placer sous une couverture, dans le lit de camp, pour faire croire à la présence d'un dormeur. M.B. Masters donne plusieurs exemples de cette technique au chapitre huit du tome quatre de son *Manuel de criminologie.*

— Normaid devait faire très vite un aller-retour Folkestone-Londres.

— Rien d'impossible.

— Son mobile ?

— Je l'ignore encore.

— Mais nous construisons sur du vent ! La criminelle est en prison, nous possédons les preuves de sa culpabilité.

— C'est un point de vue.

— En existerait-il un autre ?

— L'innocence de Drusilla Wharton.

— Alors, vous en êtes convaincu !

— Pas encore.

— Mais vous n'éliminez pas cette hypothèse.

— En effet, mon cher Marlow.

— Sur quelles bases repose votre raisonnement ?

— Une intuition.

— Moi, j'ai des preuves !

— Votre position est plus argumentée que la mienne, j'en conviens ; mais tant qu'il me restera un doute, je compte poursuivre quelques investigations.

Le superintendant se força à exprimer l'invraisemblable théorie que risquait d'adopter Higgins.

— Vous ne croyez quand même pas que le colonel pourrait avoir assassiné sa femme ?

— Si Drusilla Wharton est innocente, il faut bien ouvrir le champ des possibilités.

— Mais enfin, Higgins ! Le colonel a un alibi

parfait et n'avait aucun motif de tuer lady Anna-Lisa !

— Comme Jepherson Normaid, je sais.

— Puisque les faits sont établis, pourquoi vous obstiner ?

— Ce n'est pas très raisonnable, j'en conviens, mais je continue à éprouver une sensation de malaise. Pourriez-vous tenter de reconstituer la carrière de Normaid ?

— Ce sera long et difficile, mais pour ne rien négliger...

— Merci, superintendant ; vous savez combien j'apprécie votre rigueur.

— Un détail m'intrigue, moi aussi : pourquoi n'avez-vous pas demandé au colonel si les mots prononcés par son épouse — « canal », « canotier » et « tête de mort » — avaient un sens ?

— L'ordre exact était : « canotier », « canal » et « tête de mort ».

— Entendu, entendu... Mais je ne crois pas à un oubli de votre part.

— Vous avez raison. Malgré mon peu de succès, je continue sur ma lancée.

— C'est-à-dire ? questionna Marlow, inquiet.

— Je dois m'entretenir avec quelques personnes tout à fait étrangères à ce drame, mais qui nous aideront peut-être à préciser un ou deux points.

Par bonheur, l'ex-inspecteur-chef s'éloignait du colonel. Certes, il n'avait pas répondu à la question concernant les mots bizarres, peut-être inventés par la coupable pour semer le trouble, mais c'était bien dans sa manière ; en fait, la douce et jolie Drusilla Wharton avait ému Higgins qui se débattait en vain pour découvrir la piste d'un autre assassin.

*
**

« Chacun ses faiblesses », conclut Marlow.

Voilà bien des décennies, Islington avait été une station thermale à la mode où des nobles fatigués venaient prendre les eaux afin de se refaire une santé ; mais la roue avait tourné, et l'aristocratie s'était écartée d'Islington, devenu un quartier bourgeois de Londres que dominait la statue de Sir Hugh Myddleton, bijoutier gallois et créateur, en 1613, d'un canal alimentant la capitale en eau depuis le Hertfordshire et traversant Islington.

Higgins s'offrit le plaisir d'une promenade sur la rive du canal, bordée par un parc entretenu avec soin ; c'était l'un des charmes de Londres, de conserver ainsi quelques oasis où, soudain, la ville semblait presque disparaître. Mais l'appât du gain, la folie des architectes modernes et le goût immodéré du béton transformaient chaque jour la capitale en un monstre qui dévorerait ses enfants.

Cliff Robson habitait un immeuble sympathique et discret, non loin de la gare d'Essex Road. L'homme était âgé, traînant la jambe, avait un visage creusé de rides, mais un regard franc et un sourire accueillant.

— Scotland Yard chez moi... Aurais-je commis un crime en dormant ?

— Rassurez-vous, vous êtes innocent de tout délit, du moins à ma connaissance.

— Alors, vous êtes mal renseigné ! C'est que j'en ai fait de belles, moi, autrefois... Mais tout ça, c'est du passé. Rappelez-moi votre nom...

— Inspecteur Higgins.

Cliff Robson gratta son menton mal rasé.

— Higgins... J'ai entendu parler d'un Higgins qui a fait sauter pas mal de ponts, pendant la dernière guerre, en prenant des risques insensés. Un sacré gaillard qui avait la fâcheuse manie d'interpréter les ordres à sa manière, mais qui était un véritable héros. Ce ne serait pas vous, par hasard ?

— Un homonyme.

Les trois pièces du coquet appartement étaient remplies de souvenirs plutôt guerriers, allant d'armes en plus ou moins bon état à des photographies où l'on voyait Robson en compagnie d'autres soldats.

— On n'échappe pas au passé, constata-t-il en remarquant l'intérêt de Higgins. Vous m'êtes sympathique, inspecteur, mais puis-je quand même vous demander les raisons de votre visite ?

— Vos compétences, monsieur Robson.

— Mes compétences... Voilà bien longtemps qu'on ne les utilise plus !

— Acceptez-vous de m'aider ?

— À une condition : que nous buvions ensemble une vieille bouteille de vin français que je réservais pour mon mariage. Comme je n'ai jamais trouvé chaussure à mon pied, c'est l'occasion de lui faire un sort avant que la grande faucheuse ne tranche le fil de mes jours. Asseyez-vous, je reviens.

Higgins examina le charmant intérieur que ne déparait aucun grain de poussière ; le cuir des fauteuils était usé juste à point, les meubles en chêne donnaient une note chaleureuse.

Cliff Robson revint avec une bouteille de

Château Margaux 1947 et la posa religieusement sur un guéridon en forme de canon de la Grande Guerre.

— Elle s'appelait Rachel, elle était jolie et française, et je n'ai aimé qu'elle... On voulait se marier et les événements nous ont séparés. J'ai appris qu'elle avait été tuée, lors d'un bombardement, et ma vocation de célibataire endurci s'est définitivement enracinée. Et il y en a encore qui parlent de « belles guerres »... De la première ou de la deuxième, laquelle remporte la palme de l'horreur ? Je dis deuxième, parce qu'il y en aura forcément une troisième. Les hommes sont une race stupide ; elle oublie la leçon du passé et elle ne rêve que de détruire, de plus en plus vite et de plus en plus fort. Mais je vous ennuie, avec mon radotage d'ancien combattant... Que pensez-vous de ce vin ?

Higgins le dégusta avec lenteur.

— Un cru exceptionnel.

— C'est bien mon avis... 1947 est l'année du siècle et a de bonnes chances de le rester. Satanés Français... Ils finissent par croire qu'ils ont gagné les guerres qu'ils ont perdues et se prennent pour les meilleurs connaisseurs de leurs vins, alors qu'ils n'arrivent pas à la cheville des Anglais et des Belges. Ils ne pouvaient pas trouver meilleur symbole que le coq : braillard, vantard, fanfaron et inefficace.

— Vous ne les aimez pas beaucoup, on dirait.

— Un peuple qui produit des vins comme celui-là ne peut pas être complètement mauvais. Dommage que nous n'ayons pas gagné la guerre de Cent Ans ; un pays comme la France aurait été une colonie rentable, à condition de ne garder que les vignerons et d'expulser les autres. Mais l'affaire a été mal engagée et je n'ai plus le courage de lever des troupes et de conquérir l'Hexagone.

— Savez-vous qu'on reparle d'un tunnel sous la Manche ?

— Alors là, inspecteur, dormez tranquille ! Même si les Français parvenaient à le creuser, les Anglais le reboucheraient ; nous n'allons pas nous laisser envahir après avoir repoussé les nazis. Comptez sur moi, inspecteur ; je ferai partie des premiers résistants.

— Je n'en doute pas, monsieur Robson.

L'œil du vétéran s'alluma.

— Puisque vous avez dynamité des ponts, vous dynamiterez bien un tunnel, hein ?

Il leva son verre, solennel.

— À l'Angleterre, à la victoire et à l'indépendance !

Higgins l'imita, et les deux hommes portèrent le toast à l'unisson.

— Sacré nom de nom, quel vin... Alors, inspecteur ! De quelles compétences avez-vous besoin ?

— De vos talents d'espion, monsieur Robson.

CHAPITRE XIV

Le vétéran garda les yeux mi-clos.

— Qui est-ce qui vous a parlé de ça?

— Personne ne vous a trahi, rassurez-vous.

— Vous ne seriez pas membre des services secrets?

— Non, je suis bien inspecteur de Scotland Yard.

— Quoique ce vin ait la réputation d'éclaircir les idées, je n'y vois goutte.

— C'est une histoire à la fois simple et compliquée; si je suis ici, c'est à cause de l'un de vos amis, Donald Caldwell.

— Ce vieux Donald... Il est en meilleure forme que moi. Bon, s'il vous fait confiance, moi aussi; pourquoi êtes-vous allé le voir?

— J'enquête sur un meurtre.

— La victime?

— Lady Anna-Lisa Schipper.

— Connais pas.

— Son mari est le colonel Schipper.

— Ça me dit vaguement quelque chose...

— Un héros de la Première Guerre mondiale.

— Ah oui, ça y est... un type superbe, front

carré, nez très droit, autoritaire, belle allure, très décoré, famille riche.

— Vous possédez une excellente mémoire.

— Je me défends.

— L'avez-vous rencontré ?

— Non. À l'époque de la Grande Guerre, j'étais un tout jeune homme qui n'avait d'autre but que de se battre pour son pays et de prouver sa valeur. J'avais espéré devenir aviateur, mais un officier supérieur m'a remarqué et orienté vers le renseignement. Très vite, je n'ai plus été en contact direct avec les militaires.

— Avez-vous accompli des missions derrière les lignes ennemies ?

— Un certain nombre, avec pas mal de succès ; la chance ne m'a jamais abandonné. J'ai souvent pu renseigner nos troupes sur la position de l'ennemi, évitant ainsi un certain nombre de traquenards. Je crois avoir sauvé quelques vies.

— Le nom de Jepherson Normaid vous est-il familier ?

— Jamais entendu parler.

— Et celui de Drusilla Wharton ?

— Pas davantage.

— La victime, l'épouse du colonel Schipper, appartenait au *Women's Auxiliary Army Corps* ; à ma connaissance, ces femmes d'un courage exceptionnel intervenaient parfois derrière les lignes ennemies. En avez-vous rencontrées, au cours de vos propres interventions ?

— Je les ai aperçues, mais je ne m'en approchais pas ; n'oubliez pas que, pour être efficace, je devais passer pour un Allemand. Ces femmes-là étaient extraordinaires ; pour ramener nos blessés, elles ne tenaient compte d'aucun danger et n'hésitaient pas à braver les bombardements. Allez trouver un courage comme ça, de nos jours... Et c'est une femme des W.A.A.C'S qu'on a assassinée ? Le type qui a fait ça, il faut le pendre ! Si vous voulez, je prépare la corde.

— Pourquoi dites-vous « le type » ?

— Eh bien... C'est forcément une brute immonde qui est coupable, et une brute immonde ne peut être qu'un homme !

— C'est pourtant une femme, la meilleure amie de lady Anna-Lisa, qui est suspectée de meurtre.

— Des preuves ?

— Des preuves.

— Mais vous n'y croyez pas, on dirait.

— Je préfère vérifier.

— Remarquez, j'ai vu des femmes agir avec une cruauté inimaginable ; dans les coups durs, elles sont parfois plus coriaces que les hommes.

— Le colonel et sa future épouse se sont rencontrés sur le front, au début de la Grande Guerre ; ils se sont mariés sur un coup de foudre et ont vécu ensemble pendant près de soixante ans, jusqu'à ce qu'un assassin vienne briser leur union.

— Une belle histoire... Le genre de miracle dont on parlait au front ou dans les tranchées, avec l'espoir qu'il se transformerait en réalité et que ni Roméo ni Juliette ne seraient tués par les Allemands. C'est donc arrivé !

— Oui, mais l'aventure a mal fini ; avez-vous mené une quelconque enquête sur le colonel George Schipper ou sur son épouse ?

— Non, inspecteur.

— Ont-ils été cités, l'un ou l'autre, dans l'un des dossiers dont vous avez eu connaissance?

— Non.

— Avez-vous voyagé, au cours de votre carrière?

— Très peu. La Belgique, la France et l'Irlande.

— L'Inde?

— Je n'ai pas quitté le sol de notre vieille Europe.

— Le mot « canotier » servit-il à désigner une opération quelconque, pendant la Grande Guerre?

— On a utilisé une bonne quantité de termes idiots, mais pas celui-là! Il a une allure vraiment trop folklorique et trop estivale, votre canotier!

— Et « canal »?

— Ça, c'est vraiment trop vague; on aurait risqué de terribles confusions.

— Des agents auraient-ils pris le pseudonyme de « canotier » ou de « canal »?

— Mêmes objections, inspecteur.

— Et « tête de mort »?

— Où avez-vous pêché ces termes-là?

— Ils pourraient m'aider à comprendre pourquoi lady Anna-Lisa fut assassinée.

— « Tête de mort »... Ni un nom de code, ni celui d'un agent, mais un symbole sinistre que les fantassins voyaient inscrit sur les chars allemands; quand ils voyaient cette tête de trop près, la mort n'était pas loin.

— Rien de plus précis?

— Hélas! non; je n'ai pas l'impression de vous avoir beaucoup aidé.

— J'avance à petits pas.

— Il vous faudra monter plus haut, inspecteur.

— Difficile, après le grand cru que vous m'avez fait partager.

— Vous ne devez pas renoncer aisément.

— Dans mon métier, c'est préférable.

— Ça m'aurait plu d'appartenir à Scotland Yard... Mais les services secrets ne vous lâchent pas comme ça.

— Essayez-vous de m'avouer que vous êtes dans l'incapacité de me dire la vérité, parce que vous seriez en danger ?

— Non, plus maintenant ; je suis trop âgé. Mais mon grade était insuffisant pour avoir accès à l'ensemble des dossiers ; c'est pourquoi d'autres contacts seront nécessaires... À condition qu'il y ait quelque chose à découvrir. Savez-vous ce dont j'aurais le plus envie, inspecteur ?

— Je serais heureux de l'apprendre.

— De faire sauter la statue de Myddleton ! Ce qu'il peut m'énerver, avec son air supérieur... Vous qui maniez si bien la dynamite, vous pourriez lui faire un sort ?

⁂

L'ex-inspecteur-chef s'offrit une nouvelle promenade le long de la « New River », cette nouvelle rivière que formait le canal d'amenée venant du Hertfordshire, long de soixante-cinq kilomètres. Il songea à un passage de l'*Ode au fleuve de nulle part*, de la poétesse Harriett J.B. Harrenlittlewoodrof, encore inconnue du grand public, mais que les spécialistes considéraient comme promise au Prix Nobel de littérature :

Fugaces vaisseaux d'ondes vacillantes,
Eaux paisibles au cœur de la tourmente,
Cours sinueux que nulle ombre n'arrête,
Et qui emportent au loin les amours vagabondes.

Mais l'heure n'était pas à la poésie.

Higgins piétinait, les portes demeuraient obstinément closes. Pourtant, depuis sa rencontre avec Drusilla Wharton, il avait la conviction que l'assassinat de lady Anna-Lisa n'avait pas reçu sa véritable explication. Bien sûr, l'accusée pouvait être une formidable comédienne et jouer, avec un talent consommé, l'innocence bafouée. Au cours de sa carrière, l'ex-inspecteur-chef avait croisé un certain nombre d'assassins aptes à mentir avec un aplomb incroyable. Si Drusilla Wharton était de cette race-là, il s'engageait dans un chemin sans issue ; mais si elle était sincère, il ne devrait négliger aucun détail et ne rechigner devant aucune vérification, si ardue fût-elle.

Sauver les innocents et lutter contre l'erreur judiciaire, n'était-ce pas l'une des tâches d'un policier de Sa Gracieuse Majesté ?

Une grosse langue douce et mouillée lécha la main de Higgins.

— Chopin, Chopin ! N'embête pas ce monsieur !

Le schnauzer géant ne semblait pas décidé à obéir à sa maîtresse ; il fit la fête à l'ex-inspecteur-chef et apprécia ses caresses.

— Inspecteur Higgins ! s'exclama la princesse Mirichka Leonskaia ; pardonnez à Chopin ce débordement d'affection.

— J'aime beaucoup les schnauzers, princesse ; vous promenez-vous souvent dans ce quartier ?

— Chopin adore Islington ! Ce canal lui détend les nerfs ; nous venons ici chaque après-midi. Acceptez-vous de faire quelques pas avec nous ?

— Avec plaisir.

La princesse parla de la Pologne, de ses chevaliers et de leur courage ; Chopin gambada.

— Dites-moi, princesse...

— Oui, inspecteur.

— Êtes-vous bien consciente de la portée de votre témoignage ?

— J'y ai souvent réfléchi... Oui, je le suis. Désolée de faire condamner Drusilla Wharton, mais je n'ai pas le choix. J'ai vu ce que j'ai vu.

CHAPITRE XV

Le jour où Thomas More, chancelier du fameux Henri VIII, prit la décision de s'installer dans un joli village de la rive gauche de la Tamise, du nom de Chelsea, ce dernier sortit d'un tranquille anonymat pour devenir, au fil des ans, un quartier littéraire et artistique parfois en proie à quelques excentricités scandalisant la bourgeoisie londonienne. Turner avait planté son chevalet à Chelsea, Swinburne y avait écrit des poèmes et Thomas Carlyle réfléchi sur l'Histoire.

Higgins passa devant la célèbre laiterie du 46, Old Church Street, édifiée à la fin du dix-huitième siècle, lorsque les vaches dégustaient l'herbe des champs environnants, avant que l'invention de l'ingénieur Macadam marque la victoire de la ville sur la campagne; puis l'ex-inspecteur-chef se dirigea vers Cheyne Row, rue perpendiculaire à la Tamise. Là subsistait Carlyle's House, la demeure où avait résidé le philosophe jusqu'à sa mort, en 1882.

James Clerken habitait tout près de là, dans un fort bel immeuble dont la porte d'entrée était peinte en vert. Le vétéran habitait au second ; il ouvrit lui-même sa porte à Higgins.

Petit, trapu, Clerken était âgé de quatre-vingt-sept ans ; il arborait une superbe barbe blanche et ne semblait guère commode.

— Qui êtes-vous ?

— Inspecteur Higgins, de Scotland Yard.

— Qu'est-ce qui se passe ?

— Un meurtre, monsieur Clerken.

— Ici, dans l'immeuble ?

— Non, rassurez-vous.

— Chelsea était pourtant tranquille, ces derniers temps, malgré ces peintres et ces écrivains qu'on ferait mieux d'enrôler de force plutôt que de les laisser produire leurs absurdités.

— Chelsea demeure tranquille, précisa Higgins ; le meurtre a été commis à Mayfair.

— Ah ? Alors, ça ne me concerne pas.

— La victime est lady Anna-Lisa, l'épouse du colonel George Schipper.

— Vous voulez répéter ?

Higgins répéta : James Clerken parut abasourdi.

— Ce pauvre George... C'est épouvantable ! Êtes-vous certain que...

— Hélas ! oui.

— Voilà plus de six mois que je ne me rends plus aux banquets d'anciens combattants ; l'arthrose me cloue dans mon fauteuil.

— Me permettez-vous d'entrer ?

Le vétéran examina Higgins de la tête aux pieds.

— Vous n'êtes pas l'un de ces policiers qui s'attendrissent devant les assassins et se moquent des victimes ?

— Je tente de faire correctement mon métier, monsieur Clerken.

— Bon, entrez.

L'intérieur du vieux soldat était une sorte de musée : photographies aux murs, lettres de soldats dans des sous-verre, armoires vitrées protégeant des fusils, des grenades et autres engins de mort, maquettes reconstituant les sites d'un certain nombre de batailles de la Grande Guerre. Ordre et propreté régnaient dans ce mémorial d'où se dégageait une puissante odeur de cire d'abeille.

— Vous avez de la chance, constata le vétéran ; c'est le jour de repos de ma petite sœur de soixante-douze ans qui entretient cet appartement et lui donne une allure acceptable. L'Angleterre se laisse aller, inspecteur; c'est pourquoi le reste du monde part en quenouille.

James Clerken prit place dans un énorme fauteuil aux larges accoudoirs, où il se tint très droit, faisant songer à la statue d'un général veillant à jamais sur ses troupes victorieuses.

Higgins regarda les objets exposés.

— Étonnante collection, monsieur Clerken.

— Les gens oublient vite... Si nous n'avions pas combattu, pendant quatre ans, que serait devenue l'humanité ? Moi, je me souviens, et je léguerai ces souvenirs à mon pays.

— Vous avez donc bien connu le colonel Schipper ?

— Bien connu, c'est beaucoup dire... Mais j'étais présent à son mariage, et c'est un événement extraordinaire qui est resté gravé dans ma mémoire.

— Il s'est produit en France, je crois ?

— Non, sur le front belge. Anna-Lisa appartenait au W.A.A.C'S et faisait preuve d'un courage admirable ; lui était de la même trempe. Ce fut un authentique coup de foudre ; à peine s'étaient-ils rencontrés qu'ils décidèrent de se marier. En temps ordinaire, une telle union aurait été difficile.

— Pourquoi ?

— Parce que George était très riche et Anna-Lisa très pauvre ; d'une manière ou d'une autre, la *Gentry* se serait opposée à ce mariage extravagant. Mais en temps de guerre, la *Gentry* se façonnait au front ; c'est là qu'Anna-Lisa est devenue une lady. Pour beaucoup de soldats, ce mariage a représenté un formidable espoir. Mais... ne m'avez-vous pas dit qu'elle a été assassinée ?

— C'est la triste vérité.

— Quel monstre s'est rendu coupable d'une telle abomination ?

— On soupçonne une femme, sa meilleure amie.

— Son nom ?

— Drusilla Wharton.

— Inconnue au bataillon.

— Le nom de Jepherson Normaid vous serait-il plus familier ?

— Pas davantage ; un complice ?

— Trop tôt pour le dire.

— Il faut pendre tous ces gens-là ! Il n'y a pas d'autre châtiment pour l'atrocité qu'ils ont commise.

— Le colonel George Schipper fut très vite décoré, me semble-t-il ?

— Dès le début de la guerre, il était officier

supérieur et fut, en effet, rapidement récompensé pour hauts faits d'armes. Ensuite, je l'ai un peu perdu de vue, le croisant ici ou là, au hasard des manœuvres et des combats.

— Et son épouse ?

— Ils ne se quittaient plus ; cette union était devenue presque légendaire, et ils ont intrigué avec habileté pour ne pas être séparés, sachant qu'ils bénéficiaient de la bienveillance de l'état-major.

— Que devinrent-ils, après la guerre ?

— George occupa un poste administratif de haut niveau, Anna-Lisa s'intéressa aux arts... Une occupation de femme qui aurait pu porter ombrage à son mari et ternir sa réputation, mais elle sut réussir et prendre une place respectable dans ce domaine délicat.

— N'ont-ils pas voyagé ?

— Si, beaucoup ; ils parcoururent une bonne partie du monde et séjournèrent longtemps en Inde.

— Avez-vous eu des échos de cette période ?

— Non... Il faudrait vous adresser à Pink Flaherty, un baroudeur qui est revenu de là-bas depuis peu. Il habite la péniche « Gandhi », sur le canal du Régent ; en Inde, il connaissait tout le monde.

— Gardiez-vous de nombreux contacts avec le colonel et son épouse ?

— Quand ils se sont définitivement installés en Angleterre en 1945, ils ont mené une existence très mondaine ; George ne manquait pas un dîner d'anciens combattants et je n'ai pas revu Anna-Lisa. Quand je découvrais sa photographie dans le journal, je constatais qu'elle était restée une femme splendide.

— J'ai une énigme à vous proposer, monsieur Clerken.

Le vétéran tendit l'oreille.

— Ce n'est plus de mon âge, inspecteur.

— Je suis persuadé du contraire.

— Comme vous voudrez...

— Lady Anna-Lisa résumait le secret de son existence en trois termes; j'aimerais savoir si, pour vous, ils possèdent une signification.

— Je vous écoute.

— Le premier est « canotier ».

— Ce n'est pas une coiffure militaire... Elle ferait plutôt songer aux loisirs. Sur le front, nous n'en avions pas beaucoup! Quel est le deuxième terme?

— « Canal ».

— Canal, canal... Ça, c'était un objectif militaire!

— En quoi se relie-t-il à lady Anna-Lisa?

James Clerken réfléchit longuement.

— En Belgique, où George et elle se sont mariés, il y a le canal Willebrock qui fut le théâtre de furieux combats. Cet endroit lui rappelait sans doute sa rencontre avec George et le moment où son existence avait basculé; à mon avis, « canal » était, pour Anna-Lisa, synonyme de « bonheur ». Et votre troisième terme?

— « Tête de mort. »

— Ah ça, c'est plus facile! Les chars, c'était ma spécialité; les « têtes de mort » gravées sur les chars allemands, j'en ai détruit quelquesunes! Quand ils fonçaient sur nos fantassins, certains restaient cloués sur place par la peur; je leur redonnais le moral en leur prouvant que ces monstres d'acier n'étaient pas invincibles.

— Pourquoi Anna-Lisa a-t-elle cité ce sinistre symbole ?

— À cause du rôle administratif joué par son mari à la fin de la guerre ; il a été chargé de faire l'inventaire des « têtes de mort » capturées à l'ennemi et de réformer ce maudit matériel.

— Rude tâche, en effet ; avait-il des assistants ?

— Un industriel chargé de reconvertir toute cette ferraille... Comment s'appelle-t-il, déjà... Ah, voilà ! Alec Sherfield. Mais j'ai perdu sa trace.

Higgins avait pris de nombreuses notes sur son carnet noir.

— Vous êtes méthodique, remarqua le vétéran.

— Je ne voulais rien perdre de vos précieuses informations.

— Ah... Je n'ai pas été inutile ?

— Au contraire, monsieur Clerken ; au nom de la vérité, soyez-en remercié.

CHAPITRE XVI

Le célèbre architecte John Nash avait eu des rêves grandioses; n'imaginait-il pas un grand canal qui aurait traversé Regent's Park et permis à des bateaux de marchandises d'approvisionner la capitale, devenue un gigantesque port fluvial ? Mais les parcs, à Londres, étaient une institution presque aussi sacrée que la monarchie, et le projet destructeur avait été repoussé. Certes, en 1820, un canal du Regent avait bien été ouvert, mais une partie de son parcours ne faisait que longer Regent's Park, et, bien vite, cette voie d'eau avait cessé d'être utilitaire pour devenir un élément pittoresque du paysage londonien.

Higgins se dirigea vers un bassin qui avait reçu le nom évocateur de Little Venice, « la petite Venise », et servait de lieu de séjour à de nombreuses péniches de petite taille, la plupart peintes en vert ou en bleu, et ornées de pots de fleurs. L'endroit était bucolique à souhait.

Un aimable riverain indiqua à l'ex-inspecteur-chef l'emplacement de la péniche « Gandhi » dont les flancs étaient couverts d'inscriptions en sanskrit.

À l'avant, un homme âgé, vêtu d'un costume blanc, la tête rasée, les pieds nus, méditait dans la posture du lotus, tel un parfait yogi.

Sachant que l'exercice pouvait durer quelques heures, Higgins s'approcha au plus près du méditant.

— Dans la guerre, dit l'ex-inspecteur-chef, les hommes ne découvrent qu'eux-mêmes ; dans la paix, ils découvrent le souffle de Dieu. Quand donc mettront-ils la paix dans leur cœur ?

Le yogi ouvrit les yeux et tourna la tête en direction de Higgins.

— Liriez-vous le sanskrit ?

— N'est-ce pas la signification approximative de la phrase inscrite à votre proue ?

— C'est bien ça ; êtes-vous un brahmane déguisé en Anglais ?

— Inspecteur Higgins, de Scotland Yard ; pouvez-vous m'accorder un entretien, si vous êtes bien Pink Flaherty ?

— C'est bien moi, et je le peux. Empruntez la passerelle et faites attention, elle est glissante.

Dans un espace long et étroit, d'une centaine de mètres carrés, Pink Flaherty avait aménagé une confortable demeure avec de beaux tapis du Rajastan, des fauteuils bas recouverts de tissu jaune et vert, des brûle-parfum qui répandaient une envoûtante odeur de vrai encens, et de superbes parchemins déroulés sur les murs, portant des textes des *Upanishad* et de la *Bhagavad Gita*, qui comptaient parmi les écrits les plus importants de l'Inde ancienne.

Après avoir franchi la passerelle et descendu trois marches, on se sentait brusquement transporté en Orient.

Pink Flaherty, en dépit d'un âge avancé, portait beau ; sa peau mate, creusée de rides, son allure encore conquérante, son maintien digne de celui d'un homme mûr, lui donnaient un air de boucanier un peu assagi, mais prêt à repartir pour une nouvelle aventure.

— Un inspecteur du Yard qui lit le sanskrit... J'ai assisté à beaucoup de spectacles étranges, dans ma vie, mais celui-là m'épate.

— J'ai passé quelques années en Orient, expliqua Higgins, et je ne possède que quelques rudiments.

— La phrase que vous avez lue m'a été transmise par un vieux gourou, juste avant sa mort. C'est une balle anglaise qui l'a tué ; « accidentellement », précise le rapport officiel. Ce jour-là, j'ai souhaité devenir hindou et oublier mon pays. Enfin, mon pays... Ma mère est née ici, dans ce quartier ; mon père était irlandais. Un mélange détonnant, des familles opposées et divisées, de la folie des deux côtés... Et j'ai passé mon existence à rechercher la paix. Prendrez-vous un verre de lait aromatisé à l'essence de rose ?

— Merci, non.

— Vous avez tort ; c'est mon élixir de jouvence.

— Combien d'années avez-vous passées aux Indes ?

— Cinquante-deux... Et vous vous demandez pourquoi je suis revenu ici ? Je n'en sais trop rien... Un hommage à ma mère, peut-être, ou bien un retour à l'enfance. Ici, je suis encore là-bas, mais j'assume ma naissance. Quel pays fascinant, quel continent, devrais-je dire ; une terre violente, pourtant, où la paix n'est jamais définitivement acquise. Aimeriez-vous fumer un bâtonnet de bois de santal ?

— Je n'y tiens pas.

— Moi, c'est l'un de mes vices.

Pink Flaherty alluma le bâtonnet, qu'il fuma comme une cigarette ; une senteur entêtante, luttant avec celle de l'encens, se répandit dans la péniche. Il fallait avoir un certain nombre d'années d'Orient pour garder l'esprit clair dans cette atmosphère d'un autre monde ; Scott Marlow ne l'aurait probablement pas supportée.

— Le vingtième siècle est encore plus stupide et plus sanguinaire que le dix-neuvième, estima Pink Flaherty ; déjà deux guerres mondiales, des tyrans ou des bandits au pouvoir un peu partout, des individus et des sociétés désorientés, parce que privés du sens du sacré... Triste bilan, qui s'alourdit jour après jour. C'est pourquoi je médite, en espérant que l'énergie positive de la méditation rejaillira autour de moi. Infime action, j'en conviens, mais que faire d'autre ?

— Elle n'est peut-être pas aussi infime que vous le supposez.

Pink Flaherty ouvrit des yeux étonnés.

— Êtes-vous bien certain de ne pas être brahmane ?

— Un policier du Yard ne doit-il pas garder l'esprit ouvert ?

— Vous n'êtes quand même pas venu étudier avec moi un texte de sagesse hindoue...

— Si j'en avais le loisir, je ferais volontiers appel à vos lumières ; mais une autre urgence me préoccupe, c'est vrai.

— De quoi s'agit-il ?

— D'un meurtre, monsieur Flaherty.

— Encore la violence... En quoi suis-je concerné ?

— La victime est lady Anna-Lisa, l'épouse du colonel George Schipper.

— Non...

— La connaissez-vous ?

— Si je la connais ! Je lui ai fait la cour, lorsqu'elle séjournait en Inde.

— Un voyage d'agrément ?

— Non, son mari fut en poste là-bas de nombreuses années, de 1926 à 1945, si je ne me trompe pas.

— Quel type de poste ?

— Représentation administrative, conseiller militaire... Il ne se fatiguait pas beaucoup. Comme il bénéficiait de nombreuses permissions, son épouse et lui rentraient souvent en Angleterre ; ni l'un ni l'autre n'aimaient l'Inde du fond du cœur. C'était une étape dans la carrière du colonel et un moyen de s'enrichir davantage.

— De quelle manière ?

— En 1927, Delhi s'est affirmée comme la capitale politique et économique de l'Inde ; un certain nombre de villes ont dû s'incliner devant ce choix imposé par les Anglais. Dans la coulisse se sont opérés d'importants transferts de capitaux dont certains investisseurs, dûment prévenus, tirèrent d'énormes bénéfices ; et dans la coulisse, à de multiples niveaux, le colonel George Schipper est intervenu avec une remarquable efficacité.

— L'accuseriez-vous de corruption ?

— Je n'aurais rien pu prouver, et vous ne pourriez rien prouver, tant d'années après les événements ; le colonel a simplement utilisé sa position privilégiée et ses relations pour favoriser des notables anglais et des potentats locaux, lesquels lui furent reconnaissants de sa générosité ; à chaque voyage vers l'Angleterre, il emportait des pierres précieuses et autres trésors dont le fisc n'a jamais entendu parler.

— N'avez-vous pas eu envie de le dénoncer ?

— Ce n'est pas dans ma nature, et personne ne m'aurait écouté ; le colonel George Schipper était une véritable éminence grise qui tirait toutes les ficelles dans la bonne société de Delhi. S'attaquer à lui revenait à s'en exclure, avec, tôt ou tard, l'obligation de quitter l'Inde.

— Vous le décrivez comme une sorte de dictateur impitoyable.

— C'est ce qu'il était, là-bas ; je dois avouer que je n'ai jamais aimé les militaires, et celui-là moins que les autres. Qu'un homme abuse à ce point de ses prérogatives m'écœure.

— Lui avez-vous fait part de vos sentiments ?

— Bien sûr que non ; j'aimais l'Inde et je voulais y rester.

— Mais vous courtisiez son épouse...

— Façon de parler, inspecteur ! Je lui ai adressé deux ou trois sourires, parce qu'elle était très belle et d'une élégance rare, mais elle m'a superbement ignoré.

— Le colonel et son épouse formaient-ils un couple uni ?

— Très uni ; malgré toutes les occasions qui se présentaient dans la société hypocrite de

Delhi ; ils sont restés fidèles l'un à l'autre ; il n'y eut même pas une rumeur malveillante à leur sujet. Ils demeurèrent le couple exemplaire qui s'était formé au début de la Grande Guerre.

— J'ai l'impression que vous n'aimez guère lady Anna-Lisa.

— Exact, inspecteur ; elle était prétentieuse, dédaigneuse et traitait les indigènes comme des esclaves. Combien de gifles et de fessées ai-je eu envie de lui administrer pour lui apprendre à respecter autrui ! Elle n'avait d'autre loi que ses caprices.

— Le colonel n'intervenait pas ?

— Jamais.

— Si je comprends bien, la mort de lady Anna-Lisa ne vous cause aucune peine.

— Pour être franc, non.

— Qui aurait pu la tuer, à votre avis ?

— Quelqu'un qu'elle aura humilié au point de déclencher une réaction de haine.

— Pourriez-vous être plus précis ?

— Non, inspecteur.

— Connaissez-vous Drusilla Wharton ?

— Non.

— Jepherson Normaid ?

Pink Flaherty passa la main sur sa barbe.

— Normaid, Normaid... Ce nom-là ne m'est pas complètement inconnu, mais c'est vague, très vague. Une ombre, moins qu'une ombre.

— Essayez de vous souvenir.

— Une ombre... J'aurais beau fouiller dans ma mémoire, je n'obtiendrais rien de plus.

— C'est déjà beaucoup, estima Higgins en prenant des notes sur son carnet noir. Lady Anna-Lisa a cité trois termes pour évoquer son existence : « canotier », « canal » et « tête de mort » ; qu'évoquent-ils pour vous ?

Pink Flaherty fit la moue.

— Rien du tout, inspecteur.

CHAPITRE XVII

Quand Higgins pénétra dans le bureau de Scott Marlow, le superintendant se battait avec une pile de dossiers administratifs plus urgents les uns que les autres. Débordé, il n'avait dormi qu'une petite heure et souffrait d'une forte migraine que n'avait pas dissipée un café corsé.

— Bonjour, mon cher Marlow, dit un Higgins au teint reposé, vêtu d'un élégant blazer bleu nuit et d'une flanelle anthracite de chez Trouser's.

— Vous avez l'air en pleine forme.

— L'*influenzinum* de chez Nelson's me permet d'éviter les conséquences fâcheuses des miasmes londoniens, et des marches soutenues empêchent mon genou gauche de se rouiller. Vous devriez sortir plus souvent de votre bureau, superintendant ; ne manquez-vous pas un peu d'exercice ?

— Les formulaires se compliquent chaque jour davantage ! Y faire face devient un exploit.

— Vous avez toute ma sympathie, mon cher Marlow.

Le superintendant repoussa la pile de dossiers.

— En avez-vous terminé avec vos vérifications, Higgins ?

— Pas tout à fait.

— Auriez-vous découvert... un indice contradictoire ?

— Rien de décisif, mais quelques éléments troublants.

— Suffisants pour remettre en question la culpabilité de Drusilla Wharton ?

— Vous répondre dans un sens ou dans l'autre ne serait pas sérieux ; pourriez-vous retrouver au plus vite la trace d'un industriel nommé Alec Sherfield ?

— Bien entendu... Mais quel rapport avec l'assassinat de lady Anna-Lisa ?

— Je ne sais pas encore.

***

Higgins avait retracé à son collègue l'essentiel de ses investigations de la veille, mais avait omis de lui préciser qu'il avait obtenu un rendez-vous avec l'un des principaux responsables des services secrets britanniques, un homme grand, froid et sec qu'il avait eu l'occasion de rencontrer à plusieurs reprises lorsqu'il était en fonction à Scotland Yard.

Le haut fonctionnaire occupait un bureau austère, très dépouillé ; au mur, une carte du monde très agrandie. Sur une table en marbre, trois téléphones.

— Que devenez-vous, mon cher Higgins ?

— Je jouis d'une paisible retraite.

— Pas si paisible, puisque vous voilà de nouveau assis devant moi.

— Rien de dramatique, rassurez-vous.

— Je ne suis pas tellement rassuré ; nos précédentes entrevues m'ont démontré que vous possédiez un caractère obstiné, peu préoccupé des conventions et capable de bousculer des interdits.

— Uniquement dans l'intérêt d'une enquête.

— En oubliant parfois celui des services auxquels j'appartiens.

— La vérité ne doit-elle pas être préférée à nos intérêts particuliers ?

— Si nous sortions des généralités ?

— Vous avez probablement appris le meurtre de lady Anna-Lisa.

— Je ne suis pas la rubrique criminelle au jour le jour.

— Elle était l'épouse d'un héros de la Grande Guerre, le colonel George Schipper.

— Une figure presque légendaire ; le malheureux doit être brisé.

— Il réagit en militaire, avec beaucoup de dignité.

— On n'en attend pas moins d'un grand soldat ; l'assassin n'a-t-il pas été arrêté ?

— En effet.

— Voilà donc une enquête close et bien close.

— D'une certaine manière.

— Pourquoi cette restriction ?

— Parce que j'ai la faiblesse d'envisager d'autres possibilités.

— C'est votre droit, inspecteur, à condition de vous appuyer sur des preuves.

— Avant les preuves, il y a les indices.

— La technique policière est certainement

du plus haut intérêt, mais cette triste affaire ne me concerne pas.

— Permettez-moi d'en douter.

— Pour quelle raison, inspecteur ?

— Le colonel Schipper a fait un long séjour en Inde, où il a exercé une influence souterraine, mais considérable, après avoir beaucoup voyagé en Europe, toujours en compagnie de son épouse.

— Ce comportement vous paraîtrait-il répréhensible ?

— Il m'a laissé penser que le colonel, son épouse, voire les deux, ont appartenu de près ou de loin à vos services.

— Pure supposition.

— C'est pourquoi je suis venu vous demander confirmation.

— Démarche audacieuse... Qu'est-ce qui la justifie ?

— Je me demande si l'un de vos agents, en l'occurrence lady Anna-Lisa, n'a pas été victime d'un règlement de comptes, ce qui modifierait considérablement mon raisonnement.

— Vous ne me ferez jamais dire que l'épouse du colonel Schipper a travaillé pour mon service.

— Message reçu.

— On peut informer son pays de ce qui se déroule dans un autre pays sans être un espion ou agir de manière directe.

— Le colonel Schipper ne fut donc pas en première ligne.

— Ni lui ni sa femme.

— Drusilla Wharton n'a pas agi sur vos ordres ?

— Si c'était le cas, je ne vous le dirais pas ; puisque ce n'est pas le cas et que cette personne est une simple criminelle, mon administration demeurera tout à fait étrangère à l'enquête.

— Bien entendu, si la mort de lady Anna-Lisa avait eu un motif... professionnel, vous ne seriez pas resté les bras croisés.

— Bien entendu, inspecteur.

***

L'esprit plus libre, Higgins retourna à Scotland Yard. Il avait craint que l'épouse du colonel n'ait été victime d'un tueur patenté, à la solde d'une officine étrangère, voire des services britanniques eux-mêmes. Cette hypothèse définitivement écartée, il pouvait repartir en quête de la vérité avec une petite chance d'aboutir.

Le superintendant avait atteint la moitié de la pile de rapports.

— J'ai votre renseignement, Higgins ; l'entreprise de travaux publics Alec Sherfield existe bel et bien. Son siège se trouve dans la grande banlieue Nord.

— Remarquable, mon cher Marlow.

— Vous intéresseriez-vous aux activités du bâtiment ?

— À la fin de la Grande Guerre, Alec Sherfield fut un proche collaborateur du colonel Schipper.

— Dans quel domaine ?

— Ils étaient l'un et l'autre chargés de supprimer « les têtes de mort ».

— Pardon ?

— Je veux dire de réformer les chars allemands et de recycler tôles et ferraille.

— Ainsi, vous continuez à attribuer de l'importance aux paroles bizarres qu'aurait prononcées lady Anna-Lisa.

— Cette trouvaille n'authentifie-t-elle pas le témoignage de Drusilla Wharton ?

— Peut-être... C'est troublant, en effet. Je vous emmène.

— Et vos dossiers ?

— L'administration attendra ; c'est son principal talent.

***

La vieille Bentley du superintendant, achetée d'occasion à un revendeur doutcux, erra longtemps dans la zone industrielle avant de découvrir les locaux de l'entreprise Alec Sherfield ; la direction était installée au premier étage d'un immeuble moderne d'apparence prospère.

Une jeune secrétaire pomponnée, à la voix pointue, accueillit les deux policiers.

— Nous aimerions voir M. Sherfield, dit Marlow.

— Le patron ?

— Lui-même.

— Impossible, il est en réunion.

— Nous sommes Scotland Yard, mademoiselle, et c'est urgent.

— Ah... Je vais voir.

Le patron reçut les policiers quelques minutes plus tard. Son bureau était vaste, fonctionnel et impersonnel ; au mur, quelques photographies de grues et de containers.

— Je suis le superintendant Marlow; voici l'inspecteur Higgins.

— Je suis impressionné, messieurs... C'est la première fois que j'ai affaire à la police.

— Êtes-vous bien Alec Sherfield?

— Oui, c'est bien moi... Mais pourquoi...

— Vous me paraissez bien jeune; nous nous attendions à un homme beaucoup plus âgé.

— Vous pensiez sans doute à mon père qui portait le même prénom.

— Ne serait-il plus de ce monde?

— Voilà bien longtemps qu'il s'est éteint, inspecteur. Après la guerre, il avait reçu pour mission de réformer les chars allemands et quantité de pièces d'armement; la réutilisation des matériaux fut une excellente affaire, il faut bien l'avouer, et notre entreprise s'est beaucoup développée pendant cette période. Hélas, il est décédé en 1926; son frère a pris la direction, puis me l'a confiée lorsque je m'en suis montré digne. J'ai élargi le champ de nos activités en les orientant davantage vers le bâtiment proprement dit.

— De quelle manière est mort votre père?

— Un accident de voiture.

— A-t-il percuté un autre automobiliste?

— Non, il a perdu le contrôle de son véhicule et a terminé sa course folle contre un mur; il a été tué sur le coup.

[illegible]

[illegible] ces [illegible] sont très sûrement, il [illegible] impos-
[illegible] restituer les textes
[illegible] suffisent à eux-mêmes, [illegible]
Mais [illegible]

[illegible] redoublait que [illegible]
[illegible] ce que [illegible] un chemin à tra[illegible]
[illegible] bouleverser les [illegible]

[illegible] pas ; mais, dans cette [illegible] ainsi, il
[illegible] autour de la périphérie [illegible] d'aller
[illegible] à propos de [illegible]
[illegible]

[illegible] ment.

CHAPITRE XVIII

Alors que la vieille Bentley avait pris le chemin de retour vers le centre de Londres, Scott Marlow était plutôt bougon.

— Ce rendez-vous ne nous a rien appris.

— Paix à l'âme d'Alec Sherfield.

— Qu'allez-vous en conclure, Higgins ? Les accidents de voiture, ce n'est pas rare ! Et puis ces événements sont très anciens. Il est impossible de reconstituer les faits.

— Ils se suffisent à eux-mêmes, mon cher Marlow.

Le superintendant redoutait que l'ex-inspecteur-chef ne laissât libre cours à son imagination et ne s'engageât sur un chemin à haut risque.

— Ce n'est quand même pas un vague soupçon qui peut bouleverser les preuves accumulées !

— Certes pas ; mais, dans cette affaire, il convient de parcourir la périphérie avant d'aller au centre du cercle. À propos de cercle... Pourriez-vous me déposer au club Victory ?

— Celui des anciens combattants où dînait le colonel Schipper le soir du meurtre ?

— Exactement.

— Mais enfin, Higgins ! Quel intérêt trouvez-vous à importuner ces braves gens ?

— Simple curiosité.

— Tentez-vous de remettre en cause l'alibi du colonel ?

— George Schipper est un homme passionnant ; j'aimerais mieux connaître le cadre privilégié de ses loisirs où il échangeait tant de souvenirs avec d'anciens compagnons d'armes.

— S'il a connaissance de cette démarche, il fera un scandale.

— Je ne crois pas, d'autant qu'elle sera placée sous le sceau de la discrétion.

— Comment procéderez-vous ?

— L'un de mes amis connaît fort bien le secrétaire général du club Victory, qui m'accueillera comme un membre éloigné.

— Dans ces conditions...

De fait, Sir Arthur Mac Crombie avait pesé de tout son poids pour que le secrétaire général, lui-même ancien officier supérieur couvert de décorations, reçût Higgins comme un frère d'arme et non comme un ennemi à combattre.

*
**

Le club Victory, feutré, cossu et luxueux, était une sorte de sanctuaire entièrement consacré aux exploits des soldats anglais au cours des nombreux combats qu'ils avaient livrés en Orient comme en Occident. Pas un pan de mur qui ne fût couvert de photographies, de cartes, de dessins, de tableaux ou d'armes anciennes ; ici se célébrait le culte du héros.

Le secrétaire général était un homme jovial,

mais néanmoins martial. Assis derrière son bureau en acajou, il ressemblait à un stratège veillant et ordonnant la manœuvre avec une autorité incontestable. Autour de lui, les portraits en pied et en uniforme de ses prédécesseurs.

— Ainsi, vous êtes l'inspecteur Higgins.

— Pour vous servir.

— Mon ami Mac Crombie vous estime beaucoup ; pourquoi n'avez-vous pas fait carrière dans l'armée ?

— Le destin, je suppose.

— Autant vous prévenir tout de suite, inspecteur : ici, nous n'aimons pas beaucoup la police. D'une certaine manière, vous vous trouvez en territoire militaire. Ce qui signifie que nous formons une grande famille et que nous réglons nos éventuels problèmes entre nous, sans avoir besoin d'interventions extérieures.

— C'est bien compréhensible.

— Vous fumez ?

— Non, Sir.

— Le cigare ne vous dérange pas ?

— Je vous en prie.

L'objet qu'alluma le secrétaire général du club Victory ressemblait davantage au canon d'un fusil qu'à un cigare normal ; mais l'odeur qui s'en dégagea était plutôt agréable.

— J'ai reçu dix blessures au combat, et les médecins m'ont interdit de fumer si je souhaitais préserver mes poumons. Comme pendant la guerre, je ne les ai pas écoutés, et j'ai eu raison ! Cette bande d'analphabètes passe son temps à faire mourir guéris les malheureux qu'ils prétendent soigner. S'il ne tenait qu'à moi, je mettrais cette bande de charlatans au poteau. Mac Crombie m'a assuré que vous aviez fait une belle guerre.

— J'ai tenté de servir au mieux mon pays.

— Alors, nous pouvons causer d'homme à homme !

— Je vous en remercie.

— Qu'est-ce qui vous tracasse, inspecteur ?

— De toutes petites choses, des détails probablement sans grand intérêt mais que j'aimerais éclaircir.

— Pour la beauté du geste ?

— Exactement.

— Alors, nous nous comprenons ! La beauté du geste, il n'y a rien de plus essentiel ; à la guerre ou ailleurs si le geste est beau, l'action est noble. Je suis votre homme, inspecteur.

— Ne m'en veuillez pas, mais j'aimerais commencer par une sorte d'énigme.

— Allons-y.

— Si je vous dis : « canotier », « canal » et « tête de mort », à quoi songez-vous ?

La réflexion du secrétaire général du club Victory fut de courte durée.

— « Canotier », rien à voir avec l'armée, « canal », lieu stratégique à contrôler impérativement, « tête de mort », emblème des chars allemands pendant la Grande Guerre. Ai-je bien répondu ?

— Remarquable, Sir.

— D'autres devinettes ?

— Non, juste quelques questions sur le fonctionnement de votre club, qui me fascine.

— Que désirez-vous savoir ?

— Organisez-vous souvent des banquets ?

— Seriez-vous gastronome, inspecteur ?

— Je n'ose prétendre à ce titre, mais j'apprécie la bonne chère.

— À nos banquets, vous ne seriez pas déçu ! Notre cuisinier est exceptionnel et nous régale avec des plats abondants et délicieux ; les anciens combattants ont un sacré coup de fourchette, croyez-moi ! Quand le corps a subi des privations, il s'en souvient toute sa vie. C'est pourquoi nous organisons fréquemment des banquets, afin d'effacer les mauvais souvenirs du front et de partager un moment de fête entre survivants.

— Je suppose que la gaieté doit régner.

— Vous pouvez en être certain ! Nos anciens, quel que soit leur âge, ont un féroce appétit de vivre ! Et il n'en est pas un qui ne sorte pas sa bonne vieille histoire salace qui ferait rougir un régiment d'archevêques.

— Ces banquets sont-ils réservés aux hommes ?

— Bien entendu !

— Pourtant, certaines femmes ont prouvé leur courage sur le champ de bataille.

— Je sais, je sais... Mais le règlement du club a été rédigé il y a bien longtemps, et personne n'oserait le modifier.

— Aucune exception à la règle ?

— Aucune, inspecteur ; jamais une femme ne franchira la porte du club Victory.

— Le soir où lady Anna-Lisa fut assassinée dans son hôtel particulier de Mayfair, il y avait bien un banquet d'anciens combattants ?

— Un banquet exceptionnel ! Plus de deux cent cinquante convives venus de toutes les provinces du royaume pour célébrer les plus hauts faits d'armes de la Grande Guerre... Quelle émotion, inspecteur, quelle émotion ! Les uns vaillants, les autres avec leur canne, les autres encore dans un fauteuil roulant, mais tous s'entraidant, comme s'ils reformaient une armée victorieuse ! Ce fut une mémorable soirée. J'aimerais en revivre beaucoup comme celle-là...

— Pas d'incident désagréable ?

— Pas le moindre ; ce fut un vrai miracle ! Ni malaise, ni indigestion, pas même une quinte de toux.

Higgins parla plus bas, adoptant le ton de la confidence.

— Entre nous, Sir, la soirée fut-elle bien arrosée ?

— Forcément, répondit le secrétaire général sur le même ton.

— Apéritif ?

— Apéritif, champagne, porto, vins français, champagne de nouveau, digestif... Une séquence normale pour un soir de fête.

— Dès le milieu du repas, les esprits devaient être joyeux.

— Joyeux, c'est bien le terme... Certains étaient déjà bien partis.

— Comment les convives étaient-ils disposés ?

— Ils étaient répartis dans cinq salles, par petites tables ; à chaque plat, ils changeaient de table afin d'avoir le maximum de contacts avec leurs camarades. Au milieu du repas, j'ai fait éteindre toutes les lumières et l'on a servi une omelette flambée au rhum.

— Et le café ?

— L'occasion d'une belle et sympathique pagaille ! Nos anciens se sont répartis dans les salons, et les discussions sont allées bon train.

— Vers quelle heure fut-il servi ?

— Vingt-deux heures, vingt-deux heures quinze... Mais la soirée n'était pas finie pour autant ! Le bar et le fumoir n'ont pas désempli avant une heure du matin.

— Le colonel George Schipper ne fut-il pas l'une des vedettes de la soirée ?

— Quand il est arrivé, vers vingt heures, il a reçu un accueil chaleureux ! Ensuite, il s'est mêlé aux divers groupes qui se formaient ici ou là. Pauvre George... Pendant qu'il s'amusait, sa femme se faisait assassiner ! Comment pouvait-on imaginer pareille horreur ? Ce drame l'aura détruit... L'assassin aura pris deux vies et non une seule.

***

Profitant d'un temps doux et pluvieux, Higgins entretint la souplesse de son genou gauche en se promenant dans le quartier de Mayfair ; la température, ne dépassant pas douze degrés, était favorable à cet exercice physique salutaire qui l'entraîna à accomplir plusieurs fois, à des rythmes différents, le trajet entre l'hôtel particulier du colonel George Schipper et le club Victory.

Lors de son ultime essai, une marche soutenue qui ne lui prit pas plus de neuf minutes, il tomba nez à nez avec Chopin ; le schnauzer géant lui fit aussitôt fête, se dressa sur ses pattes arrière et posa ses pattes avant sur ses épaules.

— Chopin ! intervint la princesse Mirichka Leonskaia, n'importune pas l'inspecteur.

— Il est adorable.

— Tout de même, il est un peu trop familier ; habiteriez-vous le quartier, inspecteur ?

— Simple promenade, princesse.

— Vous avez raison : Mayfair mérite bien la rêverie d'un promeneur solitaire.

— Une rêverie... J'espère que vous avez raison.

CHAPITRE XIX

Sur le bureau métallique de Scott Marlow, la pile de dossiers s'était reconstituée et avait même dépassé la hauteur de la précédente. En dépit des efforts déployés pendant une nouvelle nuit blanche, le superintendant menait une lutte désespérée contre la pesanteur administrative.

Revoir Higgins lui procura un réconfort certain.

— J'ai parfois envie d'abandonner, avoua Marlow.

— Cela ne vous ressemble pas.

— C'est vrai, mais cette paperasse pèse si lourd.

— Oubliez-la et songez à l'affaire Wharton.

— L'affaire Wharton... N'est-elle pas résolue ?

— J'en suis de moins en moins sûr.

— Mais enfin, Higgins ! Les preuves sont les preuves.

— Méfions-nous de l'évidence, recommanda M.B. Masters au début de chaque tome de son *Manuel de criminologie* ; et certaines évidences ont le don de se déguiser en preuves.

— Votre visite au club Victory aurait-elle donné des résultats... surprenants ?

— Soyez rassuré, mon cher Marlow ; j'ai reçu un excellent accueil et ma visite restera d'une parfaite discrétion. À aucun moment, elle n'est apparue comme une intervention officielle de Scotland Yard ; toute éventualité de scandale est donc écartée.

— Voici enfin une bonne nouvelle ! Dois-je en conclure que vous excluez toute responsabilité directe ou indirecte incombant au colonel Schipper ?

— Je répondrai plus tard à cette question ; il serait intéressant de reconstituer la carrière de Jepherson Normaid et de pouvoir la suivre année après année.

Le superintendant ouvrit des yeux étonnés.

— Quel intérêt cela présentera-t-il ?

— Nous ne le saurons qu'une fois le résultat obtenu.

— Je m'en occupe.

Le superintendant passa plusieurs coups de téléphone afin d'obtenir au plus vite les renseignements que désirait l'ex-inspecteur-chef.

— Pourquoi soupçonnez-vous le *butler*, Higgins ?

— Je le crois un peu cachottier.

— Il est tellement habitué à la discrétion qu'il a naturellement oublié de nous communiquer quelques éléments sur lady Anna-Lisa et sur son mari... C'est bien votre idée ?

— Je me prononcerai lorsque vous aurez établi les faits.

— Entendu.

Higgins se dirigea vers la porte du bureau.

— Sans vouloir être indiscret, demanda le superintendant, comptez-vous prendre une initiative particulière ?

— Oui et non, mon cher Marlow ; mais n'ayez aucune crainte. Je me contenterai d'une promenade dans Mayfair.

Cette explication ne rassura nullement le superintendant.

— Pourrais-je vous accompagner ?

— À votre guise ; aimez-vous les salons de coiffure ?

***

Séparant Mayfair de quartiers beaucoup moins chics — Soho et le Strand —, Regent Street abritait quantité de commerces de luxe, parmi lesquels le salon de coiffure Austreed occupait une place de premier plan. Les femmes les plus élégantes de Londres venaient y parfaire leur beauté dans un cadre somptueux.

Sur la rue, Austreed ne se signalait que par une modeste enseigne ; il fallait descendre trois marches de marbre, pousser une porte vitrée décorée de roses stylisées, passer par un vestiaire tendu de velours vert et accéder enfin à une vaste salle ronde aux murs bleus et au sol de marbre. Chaque cliente était isolée de ses voisines par des paravents en verre dépoli et bénéficiait des services exclusifs d'une coiffeuse qui connaissait son cas à la perfection.

L'établissement, dont le carnet de rendez-vous était plein plusieurs mois à l'avance, réservait à ses clientes le plus grand confort : fauteuil de cuir souple avec accoudoirs et appuie-pied, bac à shampooing en céramique de couleur sable, douche rétractable, robinets dorés, glaces inclinables, lampe individuelle. Les séchoirs électriques dans lesquels disparaissaient les têtes des femmes étaient à jamais bannis de chez Austreed ; la coiffeuse utilisait un sèche-cheveux et traitait la chevelure de sa patiente mèche par mèche.

Bien entendu, les artistes du cheveu disposaient d'un arsenal de ciseaux, de peignes, de brosses, de teintures, de poudres et de parfums qu'elles utilisaient en fonction des desiderata ou des nécessités. Être admise comme cliente chez Austreed, c'était avoir la certitude d'être la femme la mieux coiffée du Royaume-Uni.

Marlow s'immobilisa au sommet des trois marches.

— Nous n'allons pas descendre... là-dedans ?

— Je crains que si, superintendant.

— Mais enfin, Higgins ! C'est un salon de coiffure pour dames !

— Certes, mais il présente une particularité notable : être dirigé par Diana Hardy, dont le nom a été prononcé au cours de notre enquête, souvenez-vous. Et qui connaît mieux une femme comme lady Anna-Lisa que sa coiffeuse ?

— C'est possible, mais...

— Nulle parcelle du territoire ne doit rester inaccessible au Yard, superintendant.

L'argument porta.

À contrecœur, vaguement inquiet, Marlow descendit vers Austreed ; comme Higgins l'avait prévu, une charmante hôtesse les arrêta dans le vestiaire.

— Je crois que vous faites erreur, messieurs ; ce salon est réservé aux dames.

— Inspecteur Higgins et superintendant Marlow, de Scotland Yard ; veuillez nous annoncer à Mme Hardy.

— C'est que...

— Oui, mademoiselle ?

— Madame est aux prises avec une permanente coriace ; si je la dérange maintenant, elle risque de la rater et ça me retombera dessus.

— Puisqu'il s'agit d'un cas délicat, nous pouvons revenir à l'heure de la fermeture.

Un large sourire illumina le visage de l'hôtesse.

— Vous êtes compréhensif, inspecteur.

***

L'hôtesse vint chercher les deux policiers sur le trottoir après le départ de la dernière cliente ; le salon était une ruche bourdonnante, chaque coiffeuse s'occupant de nettoyer et de ranger son matériel.

Une assez belle femme d'une quarantaine d'années, grande et distinguée, vêtue d'une robe vert sombre agrémentée d'une broche en or, plusieurs bracelets d'argent aux poignets, s'avança vers eux.

— Je suis Diana Hardy, la directrice de ce salon ; vous souhaitez me voir, messieurs ?

— En effet, madame.

— Mademoiselle ; êtes-vous l'inspecteur Higgins ?

— J'ai le plaisir de vous présenter mon collègue, le superintendant Marlow.

— Entendons-nous bien, messieurs; cette maison a une réputation justifiée, et je n'entends pas que quiconque s'y attaque, sous quelque prétexte que ce soit. Notre clientèle est triée sur le volet et appartient à la meilleure société; la présence de la police ne se justifie donc d'aucune manière. Je vous sais gré d'être revenus après la fermeture pour ne pas importuner nos clientes, mais je crois que nous n'avons plus rien à nous dire et que notre entretien se termine là.

Sculpturale et autoritaire, Diana Hardy tourna le dos aux deux hommes.

— Vous faites erreur, mademoiselle, dit Higgins avec calme.

— Pardon ?

La directrice d'Austreed fit de nouveau face, furieuse.

— Moi, faire erreur ? Et sur quel point, je vous prie ?

— Nous n'avons aucun désir de provoquer un scandale.

— Votre simple présence en est déjà un ! Mon employée m'a appris que vous avez failli m'interrompre pendant une permanente particulièrement délicate, que j'effectuais sur une personne de haut rang... de très haut rang ! Me fais-je bien comprendre ?

— Dans l'ensemble, vos propos me paraissent accessibles.

— Accessibles, accessibles... Mais de qui vous moquez-vous, inspecteur ? Faut-il vous répéter que je m'appelle Diana Hardy et que je dirige le salon de coiffure Austreed ?

— Je l'ai bien noté, mademoiselle.

— Alors, décampez ! Sinon...

Outré, Marlow intervint.

— Sinon quoi ?

Le regard de Diana Hardy flamboya.

— Sinon, tout superintendant que vous êtes, vous aurez des ennuis.

— Serait-ce une menace ?

— Oui, c'est une menace ! Dans votre intérêt, prenez-la au sérieux.

— Parfait.

— Alors, vous décampez !

— Pour le moment, oui.

— Que signifie cette restriction ?

— Que nous allons revenir dès demain matin avec un mandat de perquisition.

Comme pour se défendre, Diana Hardy s'empara d'une brosse au manche de nacre.

— Une... perquisition, ici ?

— Vous avez bien compris.

— C'est de la folie !

— Votre salon de coiffure ne bénéficie pas de l'immunité diplomatique, que je sache ?

— Vous n'avez pas le droit !

— Les exigences de l'enquête nous imposent cette démarche.

— L'enquête... quelle enquête ?

Higgins regarda la directrice d'Austreed droit dans les yeux.

— Oublieriez-vous, mademoiselle, qu'une de vos fidèles clientes, lady Anna-Lisa Schipper, a été assassinée ?

[illegible]

[illegible] pas [illegible] ? [illegible] y [illegible] ?

[illegible] tous [illegible] s'élèvent [illegible] ces évidences sans [illegible] d'in[illegible]

[illegible] ation.

— [illegible] aider... Comment le pourr[illegible]-je [illegible] s de vous le dire ; en [illegible] ondant sinc[illegible] à nos questions.

— [illegible] Pardonnez-moi, j'a[illegible] de fai[illegible] bles.

L'ins[illegible] vay s'installa sur le si[illegible]e, où, d'ordin[illegible] prenait place une cliente.

[illegible] beaucoup marqu[illegible]

— [illegible] Luna-Lisa était-elle vo[illegible] cliente depuis [illegible] mps ?

— [illegible] un salon de coiffure, insp[illegible] aut ou ne [illegible] les années ni les fleu[illegible] ; c'est [illegible] y est présen[illegible] Toute [illegible] elle était nom[illegible] de la [illegible] et fréquentait le [illegible] nt que l'on [illegible] discrétion.

— [illegible] devenue... une sorte d'amie ?

CHAPITRE XX

La sculpturale brune fut soudain moins arrogante.

— Un drame épouvantable, inspecteur... Mais en quoi justifie-t-il une perquisition ?

— Si vous nous aidez en répondant à nos questions, nous éviterons sans doute cette désagréable intervention.

— Vous aider... Comment le pourrais-je ?

— Je viens de vous le dire : en répondant sincèrement à nos questions.

— Bien, bien... Pardonnez-moi, j'ai une faiblesse.

Diana Hardy s'installa sur le siège, où, d'ordinaire, prenait place une cliente.

— Ce drame m'a beaucoup marquée.

— Lady Anna-Lisa était-elle votre cliente depuis longtemps ?

— Dans un salon de coiffure, inspecteur, on ne compte ni les années ni les heures ; c'est pourquoi toute pendule y est prescrite. Toute coquetterie mise à part, elle était notre fidèle la plus ancienne et fréquentait le salon avant que j'en prenne la direction.

— Était-elle devenue... une sorte d'amie ?

— C'eût été inconvenant, et c'est tout à fait impossible ; une cliente reste une cliente, et sait nous le faire sentir, lorsque nous oublions de rester à notre place. Même si ce salon tient le haut du pavé, mes coiffeuses n'appartiennent pas à la *Gentry*.

— Dois-je en conclure que lady Anna-Lisa n'était guère commode ?

Diana Hardy sembla gênée.

— Il est bien délicat de critiquer une personne décédée...

— Votre avis, quel qu'il soit, nous importe beaucoup.

— Eh bien... Elle était assez difficile, en effet. Pour une personne de son âge, elle disposait d'une énergie incroyable, et ne supportait pas que ses exigences ne fussent pas satisfaites sur-le-champ. À cause d'elle, j'ai dû renvoyer trois coiffeuses d'excellente qualité, mais qui n'acceptaient pas d'être traitées comme des esclaves. Grâce aux certificats que j'ai rédigés, elles ont immédiatement retrouvé une place, mais j'ai regretté de m'en être séparée. Si je n'avais pas obtempéré, lady Anna-Lisa m'aurait fait perdre de nombreuses clientes et tenté de ruiner la réputation du salon.

— Vous n'étiez donc pas en excellents termes.

— Si, puisqu'elle triomphait et obtenait toujours ce qu'elle désirait ; à dire vrai, il n'existait aucun moyen de lui résister. Je n'ai jamais vu, chez une femme, autant de force de caractère et de capacité de s'imposer à autrui. Une fois son autorité affirmée et son empire établi, elle se montrait charmante et séduisante.

— La coiffiez-vous vous-même ?

— Ces dernières années, j'étais la seule à pouvoir prendre ce risque, elle n'acceptait personne d'autre.

— Ses cheveux étaient-ils en bonne santé ?

— Excellente, inspecteur ! Pas un cheveu blanc, à son âge, c'est exceptionnel.

— Teinte auburn, à certains endroits ?

— Nullement ! Une teinte noire classique, pas trop profonde, qu'elle aimait parfois éclaircir.

— Vous a-t-elle fait des confidences sur son passé ?

— Non, elle ne parlait jamais d'elle-même, mais me posait des questions sur les autres clientes ; elle s'intéressait beaucoup aux faits et gestes de la *Gentry*, aux potins et aux bruits de couloir.

— Pas un mot sur son séjour aux Indes ?

— Pas un, inspecteur ; en vous parlant, je me rends compte à quel point cette femme si mondaine était secrète.

— Évoquait-elle son mari ?

— Deux ou trois fois, il est venu l'accompagner au salon ; toutes les coiffeuses ont été impressionnées par la prestance et la jeunesse d'allure de ce héros de la Grande Guerre.

— La coiffure le passionnait-il ?

— Non, il n'est resté que quelques minutes, mais ce fut pour moi et pour ma maison un très grand honneur. Je dois même vous avouer... qu'il m'a fait un délicieux compliment sur mon maintien.

Le rose monta aux joues de Diana Hardy.

— Lady Anna-Lisa n'a-t-elle pas employé

les termes « canotier », « canal » ou « tête de mort », en insistant sur leur importance ?

— « Tête de mort », quelle horreur ! « Canotier », « Canal »... Non, je ne vois pas. Peut-être a-t-elle employé ces mots-là dans la conversation, à propos d'un peintre ou d'un sculpteur, mais sans insister.

— Ces derniers temps, vous a-t-elle paru inquiète ?

— Pas du tout ! Ici, nous étions toutes d'accord pour dire qu'elle rajeunissait.

— Bien entendu, elle ne vous a fait part d'aucune menace.

— Bien entendu, inspecteur ! C'est la première chose dont je vous aurais parlé.

— Cet assassinat a dû vous surprendre.

— Un vrai coup de tonnerre ! Même si nous ne l'aimions pas beaucoup, lady Anna-Lisa était une figure historique, et le salon fut en deuil.

— Une hypothèse vous est-elle venue à l'esprit, quand vous avez appris la triste nouvelle ?

— Non, j'étais trop choquée.

— Si je ne m'abuse, Drusilla Wharton était aussi votre cliente ?

Diana Hardy regarda à droite et à gauche ; les coiffeuses commençaient à quitter le salon.

— Faut-il vraiment aborder le sujet ?

— Vous savez sans doute que Drusilla Wharton est accusée du meurtre de lady Anna-Lisa ?

— Ce n'est pas possible, elle n'a pu commettre un acte aussi affreux...

— Nous avons des preuves, rappela Marlow.

— Quel abominable procès ! Sera-t-on obligé

de parler de mon salon de coiffure ? Une criminelle, dans ma clientèle... Ce sera la fin d'Austreed !

— Nous n'en sommes pas là, dit Higgins, réconfortant ; Drusilla Wharton était-elle une cliente régulière ?

— Oui, inspecteur ; une femme adorable, prévenante, ayant toujours un mot aimable pour chacune... Mon personnel et moi-même l'aimions beaucoup. Malgré sa fortune, elle était restée très simple.

— Venait-elle en compagnie de lady Anna-Lisa ?

— C'est arrivé, mais elles avaient l'une et l'autre un emploi du temps surchargé, et je veillais à ce que l'heure de leurs rendez-vous fût respectée.

— Vous parlait-elle de la victime ?

— Souvent ! C'était sa meilleure amie, et elle l'adorait ; d'ailleurs, la réciproque était vraie. Lady Anna-Lisa, qui n'avait pas le compliment facile, ne tarissait pas d'éloges à propos de Drusilla Wharton.

— Cette dernière vous gratifiait-elle de quelques confidences ?

— J'étais également sa coiffeuse, non par obligation comme dans le cas de lady Anna-Lisa, mais par plaisir. D'une part, elle me régalait d'anecdotes amusantes sur le milieu artistique, mais encore elle possédait une chevelure extraordinaire ! Je ne connais aucun autre auburn aussi beau que celui-là ; ses reflets cuivrés sont d'une luminosité exceptionnelle.

— Quels soins lui donniez-vous ?

La question étonna Dianna Hardy.

— Vous intéresseriez-vous à l'art capillaire, inspecteur ?

— Pourquoi pas, mademoiselle ? Il exige un talent digne d'estime.

La jolie brune rosit à nouveau.

— Eh bien... Je pratiquais mise en plis, permanente et coupe.

— La mise en plis débute bien par un shampooing ?

— Dans son cas, oui, puisque je préservais sa couleur naturelle.

— Utilisez-vous des bigoudis ?

— Oui, dont la fabrication est un secret maison.

— Encore faut-il savoir prendre chaque mèche avec un peigne sans provoquer la moindre douleur et l'enrouler en souplesse.

— Question de pratique ! Après le séchage, l'usage de la brosse pour donner aux cheveux leur meilleure allure n'est pas aussi simple qu'il y paraît.

— Utilisez-vous une crème à l'huile de vison pour éviter que les cheveux ne s'emmêlent ?

— Seriez-vous un redoutable connaisseur, inspecteur ?

— De vagues confidences d'amies lointaines, rien de plus ; quelle est la fréquence d'une mise en plis ?

— Une fois par semaine.

— Et celle d'une coupe ?

— Sur la chevelure de Drusilla Wharton, tous les deux mois environ. Quant à une permanente bien faite, elle peut durer plusieurs mois, mais ces dames préfèrent parfois des traitements plus rapprochés que j'ai pourtant tendance à leur déconseiller.

— Sans vouloir violer le secret professionnel, puis-je vous demander si les cheveux de Drusilla Wharton sont en bonne santé ?

— Puisqu'ils le sont, pourquoi refuserais-je de vous répondre ? En songeant à elle, je ne parviens toujours pas à croire qu'elle ait assassiné lady Anna-Lisa. Deux grandes amies, une si belle et si longue entente... N'existe-t-il aucune autre hypothèse ?

— Probablement pas, répondit Marlow, bougon ; mais nous vérifions point par point, afin de ne pas commettre d'erreur.

— Je prie pour qu'elle soit innocente, avoua Diana Hardy.

— À part vous-même, interrogea Higgins, qui s'occupait de lady Anna-Lisa ?

— Ma meilleure shampooineuse, Floris ; elle n'a que vingt-six ans, mais une bonne expérience et un doigté remarquable. Lady Anna-Lisa fut toujours fort satisfaite de ses services.

Diana Hardy se pencha vers Higgins et lui parla à l'oreille.

— Si vous voulez connaître les potins qui circulaient dans le salon, c'est à elle qu'il convient de vous adresser ; sur ce terrain, elle en connaît davantage que moi.

— Quand pourrons-nous la voir ?

La directrice d'Austreed regarda sur sa gauche.

— Tout de suite, si vous le souhaitez ; elle est encore-là.

L'ex-inspecteur-chef suivit le regard de Diana Hardy.

Une très jolie jeune femme blonde, aux gestes vifs, nettoyait un bac à shampooing.

CHAPITRE XXI

— Floris, je te présente l'inspecteur Higgins et le superintendant Marlow; ils aimeraient te poser quelques questions.

— À moi, mademoiselle?

— N'aie pas peur, ma petite; Scotland Yard ne te veut aucun mal. Mais après le drame affreux dont tu as entendu parler, la police procède à quelques vérifications.

— Mais je n'ai rien fait, moi!

— Nous n'en doutons pas, dit Higgins, paternel; acceptez-vous néanmoins un bref entretien?

Floris leva des yeux inquiets vers sa patronne.

— Qu'est-ce que je dois faire, mademoiselle?

— L'inspecteur Higgins est un homme très gentil; réponds-lui sans crainte, et tout ira bien. Il vaut mieux que je vous laisse; tu seras plus à ton aise. Si vous avez encore besoin de moi, messieurs, je suis dans mon bureau.

Floris était fraîche et délicieuse; elle ressemblait à l'une de ces nymphes peintes par les libertins français du dix-huitième siècle. Marlow se méfiait instinctivement de ces créatures et se félicita de la présence de Higgins.

— Quel est votre nom de famille, mademoiselle ?

— Stephan.

— Vous êtes très jeune.

— J'ai vingt-six ans.

— Travaillez-vous depuis longtemps ?

— Depuis l'âge de quinze ans ; les salons de coiffure me passionnent depuis que je suis toute petite. À dix-huit ans, j'ai eu la chance d'être recommandée à Mlle Hardy. C'est très dur, le travail ici, et les horaires sont stricts, mais je ne changerais de maison pour rien au monde ; être employée chez Austreed, toutes les coiffeuses en rêvent !

— Mlle Hardy est-elle sévère ?

— Oui, inspecteur ; elle ne tolère aucune faute professionnelle. Mais comment faire autrement, chez Austreed ? Avec la clientèle que nous avons, l'erreur est interdite. Quand on est engagée, on est prévenue.

— Les rapports avec vos collègues ne sont-ils pas trop tendus ?

— Ça peut aller ; nous avons chacune nos clientes que nous désigne Mlle Hardy, en fonction de nos compétences et de notre caractère.

Peu à peu, Floris se détendit ; l'attitude bienveillante de Higgins, dépourvue d'agressivité, la rassurait.

— Vous discutez beaucoup entre vous ?

— Le matin, quand nous préparons le salon, et le soir, quand nous nettoyons, ça nous arrive ; on se raconte les petites histoires amusantes qui nous sont arrivées la veille ou dans la journée. Il n'y a pas de mal à ça, inspecteur ?

— Non, mademoiselle ; je suppose que vous recevez aussi quelques confidences de la part de vos clientes ?

Floris Stephan fixa le flacon de shampooing qu'elle serrait entre ses mains.

— Ça arrive parfois... Et c'est parfois très gênant.

— Voulez-vous dire qu'elles évoquent leurs... aventures ?

— Quelque chose de ce genre-là, inspecteur.

Scott Marlow fut extrêmement choqué ; il jugeait inutiles les questions que posait Higgins et déplorait qu'il s'engageât sur un terrain aussi glissant.

— Vous devez être surprise.

— Au début, oui ; après, on s'habitue. Certaines de ces grandes dames ont vraiment une drôle d'existence !

— Ne redoutent-elles pas une indiscrétion ?

— Oh non ! Elles savent que Mlle Hardy nous mettrait immédiatement à la porte ; ici, nous sommes comme dans un confessionnal.

— Vous n'êtes pas mariée ?

— Je suis encore trop jeune, inspecteur ; le mariage, c'est très sérieux.

— Fiancée ?

— Comme ci, comme ça, répondit-elle avec un charmant sourire ; mon travail passe avant tout. J'ai conscience de ma chance et je ne voudrais pas commettre un faux pas à cause d'une amourette.

Le superintendant ne comprenait pas les jeunes femmes modernes ; elles foulaient aux pieds les valeurs morales de l'époque victorienne, sur lesquelles avait été bâti l'empire.

Seul leur retour redonnerait à l'Angleterre sa grandeur perdue.

— C'est courageux, mademoiselle, estima Higgins; parmi vos clientes privilégiées, n'y avait-il pas lady Anna-Lisa Schipper?

— Si, inspecteur; c'était une personne extrêmement difficile que la patronne m'avait demandé de traiter avec la plus grande attention.

— Quelle était votre tâche?

— La shampooiner avant une mise en plis ou une permanente; ce n'était pas simple, croyez-moi!

— Était-elle si désagréable?

— Lady Anna-Lisa nous traitait un peu comme des esclaves, mais elle n'était pas la seule. Se révolter, c'était provoquer sa colère et contraindre la patronne à lui donner raison; dans un salon comme celui-ci, ce sont les clientes qui font la loi. Alors, je me suis adaptée et je l'ai traitée comme si c'était quelqu'un de sympathique.

— Vous en a-t-elle su gré?

— En tout cas, nous n'avons eu aucun accrochage, et elle ne voulait personne d'autre que moi pour la shampooiner. En plus, Mlle Hardy me donnait une jolie prime; c'est vous dire si je la regrette, cette lady!

— De quoi vous parlait-elle?

— D'expositions et de galeries, en me conseillant de m'intéresser à l'art sous toutes ses formes... Je ne comprenais pas grand-chose à son discours, mais elle croyait que je l'écoutais. Moi, je me concentrais sur son shampooing.

— Pas un mot sur sa vie privée?

— Non, elle ne parlait que de tableaux et de sculptures.

— N'évoquait-elle pas le colonel Schipper ?

— Oh, le colonel ! Il est venu au salon, et toutes les employées ont été impressionnées. S'il avait donné un ordre, nous nous serions mises au garde-à-vous et nous aurions obéi. On voyait tout de suite que c'était un ancien militaire et qu'il ne plaisantait pas avec l'autorité.

— Vous aurait-il fait peur ?

— Oui, un peu... Et je n'étais pas la seule.

— Son épouse semblait-elle le redouter ?

— Oh non, pas du tout ! Ils s'entendaient à merveille ; d'après la patronne, ils étaient mariés depuis de nombreuses années, mais ressemblaient à un jeune couple. Il était très attentionné ; n'est-ce pas touchant d'accompagner son épouse au salon de coiffure ?

— Lady Anna-Lisa vous a-t-elle paru angoissée, lors de ses derniers rendez-vous ?

— Non, inspecteur ; elle était aussi dynamique et exigeante que d'habitude.

— Vous occupiez-vous aussi de son amie, Drusilla Wharton ?

— Parfois, mais elle n'avait pas une shampooineuse attitrée ; Mlle Wharton était très différente de lady Anna-Lisa. Notamment pour les pourboires... Autant lady Anna-Lisa était pingre, autant Mlle Wharton se montrait généreuse. Tout le personnel l'aimait beaucoup ; elle avait un mot gentil pour chacune et prenait de nos nouvelles. On ne pouvait pas être plus différentes que lady Anna-Lisa et Mlle Wharton.

— Venaient-elles parfois ensemble au salon ?

— Quelquefois.

— Leur amitié était-elle apparente ?

— Elles semblaient bien s'entendre, c'est vrai... Sauf une fois, il y a un an, ou peut-être plus.

— Que s'est-il passé ?

— Rien de bien grave, mais un incident qui m'a surprise... Je shampooinais lady Anna-Lisa quand Mlle Wharton est arrivée. Elle voulait lui parler d'un peintre dont je n'ai pas retenu le nom ; lady Anna-Lisa fut assez contrariée, et le ton monta très vite. J'ai cru que lady Anna-Lisa allait se mettre en colère, mais Mlle Wharton n'a pas poursuivi la conversation.

— L'ont-elles reprise, ensuite ?

— Non, lady Anna-Lisa a quitté le salon la première, sans attendre son amie.

— Les avez-vous revues, ensemble ?

— Oui, inspecteur.

— Comment se sont-elles comportées ?

— Comme d'habitude ; l'incident semblait oublié.

— Pas d'autre altercation du même genre, vous êtes sûre ?

— Moi, je n'ai rien entendu, et mes collègues ne m'ont rien signalé. De toute façon, on est toutes d'accord : ce ne peut pas être elle qui a assassiné lady Anna-Lisa. Mlle Wharton est tellement gentille, tellement douce... Non, elle était incapable de commettre un acte violent.

Floris Stephan posa un flacon de parfum et acheva le nettoyage d'un bac à shampooing en céramique.

— Avez-vous bientôt terminé votre journée de travail, mademoiselle ?

— Les horaires ne comptent pas, inspecteur ; le salon doit être impeccable, voilà tout.

— J'espère que le salaire vous permet au moins de vous loger correctement.

— Là aussi, j'ai de la chance : j'habite dans Floral Street, non loin de Covent Garden, dans un bel immeuble d'angle. Je n'ai que deux pièces, mais c'est coquet.

— Nous vous avons assez ennuyée, mademoiselle; merci d'avoir répondu à nos questions.

Elle sourit, attendrissante.

— Revenez quand vous voulez, inspecteur.

CHAPITRE XXII

Scott Marlow triomphait.

— Excellente idée, Higgins, cette visite au salon de coiffure ! Nous commençons à tenir le mobile du crime, qui ne doit pas être très éloigné de celui que j'ai imaginé.

— Accordez-vous autant d'importance au témoignage de Floris Stephan ?

— Ce n'est qu'une indication, j'en conviens, mais ne la considérez pas vous-même comme déterminante ?

— C'est bien possible, superintendant.

Marlow savait que Higgins était déçu et que sa croisade pour prouver l'innocence de Drusilla Wharton venait de se heurter à un obstacle insurmontable. Un de plus.

⁂

Sur le bureau du superintendant, un rapport précis et détaillé concernant la carrière de Jepherson Normaid.

— Voulez-vous le consulter, Higgins ?

— Avec intérêt, mon cher Marlow.

Pendant que le superintendant tentait de se

débarrasser de quelques dossiers administratifs, l'ex-inspecteur-chef lut le document avec attention.

— Rien de sensationnel, je suppose ?

— Une carrière exemplaire de *butler*, admit Higgins, avec des références remarquables. Jepherson Normaid appartient effectivement à l'élite de la profession.

— Vous voyez bien ! Il est tout à fait étranger à cette affaire criminelle.

— Un détail m'intrigue, cependant.

— Lequel ?

— Il existe une lacune ; en 1940, Normaid n'a occupé aucun poste en Grande-Bretagne.

— Il aura pris une année de repos.

— En 1940 ?

— Je retire mon explication, Higgins... N'était-il pas à l'armée ?

— Apparemment non, puisqu'on perd sa trace, entre deux emplois chez des familles nobles qui avaient assez de relations pour s'assurer les services d'un *butler* de cette qualité, même en temps de guerre. La question reste donc posée : où se trouvait Jepherson Normaid en 1940 ?

— Est-elle si importante ?

— C'est une lacune à combler.

— Allons la lui poser.

— Je ne le souhaite pas.

Marlow fut surpris.

— Pour quelle raison ?

— Parce que Jepherson Normaid, nonobstant ses attitudes quelque peu figées, est un personnage subtil et intelligent.

Le superintendant jugea obscure l'explication

de Higgins, mais il n'insista pas, persuadé que l'ex-inspecteur-chef n'en dirait pas davantage ; au demeurant, ne livrait-il pas un combat d'arrière-garde en s'intéressant à ce *butler* dont l'alibi était des plus solides ? Higgins livrait un inutile baroud d'honneur.

Le téléphone sonna.

— Oui, Marlow... Ah, bonjour, mon colonel... D'urgence ?... Mais que se passe-t-il ?... Oui, bien sûr, nous venons tout de suite.

Le superintendant raccrocha le téléphone.

— Un drame vient de se produire chez le colonel Schipper, mais il refuse de me donner des explications au téléphone.

⁂

La vieille Bentley, essoufflée à cause de la pollution londonienne, avait réussi à doubler deux cyclistes, un bus en panne et un camion dont le pot d'échappement crachait une fumée noire, pour prendre un raccourci qui débouchait malheureusement sur une nouvelle série de sens interdits mis en place la veille. Après un difficile périple, au cours duquel Higgins servit de navigateur, elle s'arrêta, épuisée, devant l'hôtel particulier du colonel George Schipper. Avant de descendre, Higgins lui murmura une discrète félicitation.

Impeccable dans son costume de fonction, Jepherson Normaid ouvrit aux deux policiers.

— Le colonel attend ces messieurs dans son bureau. Si ces messieurs veulent bien me suivre...

Le bureau de George Schipper était sobre et

austère ; le mobilier en acajou de Cuba datait de la fin du dix-huitième siècle et contrastait avec les murs blancs décorés avec quelques tableaux de petits maîtres consacrés à des scènes de chasse.

En dépit de son allure martiale et de son remarquable maintien, le colonel semblait tourmenté et beaucoup plus nerveux que lors de la précédente entrevue ; il ne proposa même pas aux policiers de s'asseoir et ne leur offrit pas de porto.

— Que se passe-t-il ? interrogea Scott Marlow.

— Un vol, superintendant. Un vol abominable.

— Ici même ?

— Oui, dans le boudoir de mon épouse.

— Qu'a-t-on volé ?

— Sa parure en diamants, le bijou qu'elle préférait. Pour elle comme pour moi, elle avait une grande valeur sentimentale ; cette parure appartenait à ma mère, et je l'avais offerte à Anna-Lisa à la fin de la Grande Guerre, lorsque le spectre de la mort s'était enfin éloigné de nous.

— Une pièce de grand prix, je suppose, intervint Higgins.

— Oui, inspecteur ; un travail d'une qualité inestimable. Cette parure, créée au dix-septième siècle, se composait de vingt diamants de quarante carats chacun, d'un blanc parfait, et taillés en marquise, c'est-à-dire en losange. Mais la fortune qu'elle représente n'a aucune importance... Pour moi, c'était le symbole même de mon épouse, de sa beauté, de sa pureté... C'est comme si elle venait d'être assassinée une seconde fois.

— Quand avez-vous découvert le vol? demanda Marlow.

— Après le dîner. Comme chaque soir, depuis le décès d'Anna-Lisa, je vais me recueillir dans son boudoir, devant cette parure.

— Le forfait a donc été commis dans les vingt-quatre heures précédentes, conclut Higgins en prenant des notes sur son carnet noir. Pouvez-vous nous montrer l'endroit, colonel?

— Bien sûr.

Le boudoir de lady Anna-Lisa était une très vaste pièce, équipée de trois coiffeuses, de nombreux miroirs, et d'innombrables produits de beauté. Sur des présentoirs, une véritable exposition de bijoux, allant du solitaire monté en bague aux colliers de lapis-lazuli en passant par des bracelets en or.

— N'a-t-on dérobé aucune autre pièce, colonel?

— Non, aucune; seulement cette parure... Cette parure à laquelle nous tenions tant, Anna-Lisa et moi.

— Qui connaissait l'importance que vous lui accordiez?

— Beaucoup de gens... Elle la portait souvent, et nous racontions volontiers cette histoire.

— La nuit dernière, n'avez-vous rien entendu?

— Vers 22 heures, j'absorbe un somnifère puissant; sans ce médicament, je serais incapable de dormir. Trop de souvenirs, et cette absence insupportable.

— Ces derniers jours, aucun incident notable ?

— Non, beaucoup d'appels téléphoniques, quelques visites... Ah si, ce rendez-vous inattendu avec un joaillier.

— Un joaillier ? s'étonna Scott Marlow.

— Oui, un dénommé Michael Waintreegh qui s'est recommandé de Tessier, dans Bond Street, où mon épouse a acheté un certain nombre de pièces d'orfèvrerie.

— Que désirait-il ?

— D'après mon *butler*, son appel téléphonique était plutôt obscur, mais il me suppliait de le recevoir. J'ai accepté... En ce moment, je n'ai plus ma tête à moi et je prends parfois des décisions aberrantes. Celle-là, je l'ai regrettée !

— Pourquoi, colonel ?

— Parce que ce monsieur était un goujat ! Ayant appris par la presse le décès de mon épouse, il tenait à voir sa collection de bijoux afin de les racheter. Un véritable vautour que j'ai immédiatement chassé de ma maison ! S'il n'avait pas pris la fuite, je l'aurais assommé.

— Pouvez-vous le décrire ?

— Petit, rondouillard, mal habillé, les mains potelées, le visage lunaire, des cheveux noirs plaqués, une totale absence d'élégance.

— Le rencontriez-vous pour la première fois ?

— Certes, inspecteur !

— Votre épouse vous en avait-elle parlé ?

— Je ne crois pas, mais elle connaissait tellement de gens !

— Cet individu pourrait être votre voleur, estima Scott Marlow.

— Comment se serait-il introduit ici ? Mon *butler* l'aurait entendu !

— L'avez-vous interrogé ?

— Ça ne se fait pas, superintendant.

— Nous autorisez-vous à le faire, colonel ?

— Si vous le jugez nécessaire...

— Indispensable.

— Démarche inutile, à mon avis, car mon *butler* m'aurait averti s'il avait remarqué quelque chose d'anormal. Et puis tout ceci n'a aucun sens... Ce Waintreegh n'aurait pas pris le risque de se dévoiler avant de commettre un vol.

— Détrompez-vous, intervint Higgins ; certains délinquants possèdent un sens aigu de la provocation. Et puis il fallait bien que ce joaillier constatât l'existence de la parure de diamants et son emplacement.

— Et il m'aurait donné son nom ?

— S'agit-il de son vrai nom, colonel ?

George Schipper leva les bras au ciel.

— Vous me dépassez, inspecteur ! Je n'ai pas eu l'habitude de me heurter à de telles complications.

— Nous en avons l'habitude et nous retrouverons ce Waintreegh.

— Et la parure d'Anna-Lisa ?

— Je l'espère.

CHAPITRE XXIII

Digne et raide, Jepherson Normaid ouvrit la porte de l'hôtel particulier.

— Que pensez-vous du vol commis dans le boudoir de lady Anna-Lisa ? demanda Higgins.

— Je le déplore, inspecteur.

— Comment un voleur a-t-il pu s'introduire ici ?

— Le colonel dormait profondément ; je lui ai moi-même donné son somnifère afin qu'il passe une nuit tranquille.

— Et vous-même ?

— Je cesse mon service à 22 h 30 ; à 23 heures, je m'endors. Je me vante d'avoir un sommeil très léger et de me réveiller à la moindre alerte.

— Tel ne fut pas le cas cette nuit-là.

— En effet, inspecteur.

— Le voleur serait donc entré dans la maison pendant la journée.

— Hypothèse hautement improbable, mais non dénuée de vraisemblance, en raison d'un certain nombre d'accès que je ne peux surveiller en permanence.

— Votre avis sur Michael Waintreegh, le joaillier qui a rendu visite au colonel ?

— Un personnage retors et mal à l'aise ; sa proposition fut indécente.

— Lorsque vous l'avez eu au téléphone, vous auriez pu l'éconduire.

— Il a beaucoup insisté et le colonel a cédé ; je n'aurais pas eu l'impudence de décider à sa place.

— Êtes-vous certain de n'avoir jamais rencontré ce Waintreegh auparavant ? demanda Higgins.

— Je ne suis pas certain de comprendre le sens précis de votre question, inspecteur.

— Ayez l'obligeance de me répondre, monsieur Normaid ; lady Anna-Lisa aurait pu convoquer ce joaillier pour lui acheter des bijoux.

— Je le voyais pour la première fois, inspecteur.

— J'en prends bonne note ; aucune autre déclaration ?

— Sur ce point, non.

— Et sur d'autres points ?

— Je ne vois pas, inspecteur.

— Réfléchissez bien, monsieur Normaid.

— Même en réfléchissant, je ne vois pas.

— C'est curieux... J'attendais davantage de vous.

— Désolé de vous décevoir, inspecteur.

— Ce n'est peut-être que partie remise, monsieur Normaid.

— Il ne me semble pas, inspecteur.

— Nous verrons bien ; la vie est pleine de surprises.

*
**

C'était en 1852 que Lewis Tessier, petit-fils d'un protestant, descendant des rois de Sicile, qui avait fondé au dix-huitième siècle un magasin au 26 de Bond Street, avait rénové ce dernier pour lui donner son allure définitive. L'établissement était devenu Tessier, l'une des références obligées de l'ère victorienne; la reine Victoria elle-même y avait acheté des bijoux et des chefs-d'œuvre d'orfèvrerie.

La vieille Bentley avait courageusement amené Marlow et Higgins à destination.

Le superintendant poussa avec respect la porte vitrée à deux battants, encadrée de colonnes corinthiennes; l'intérieur de Tessier n'avait guère changé depuis le milieu du dix-neuvième siècle : comptoir en acajou supportant des vitrines remplies de bijoux remarquables et armoires vitrées en acajou également contenant des pièces d'orfèvrerie, dont certaines en argent massif. Au-dessus, un sous-verre abritant des mèches de cheveux et rappelant l'époque où les orfèvres de Tessier étaient aussi « artistes du cheveu ».

L'atmosphère était solennelle et recueillie; ici, le temps s'était arrêté, et l'on vivait encore à l'heure des élégantes de l'empire.

Un sexagénaire en costume sombre vint au-devant des deux policiers.

— Puis-je vous aider, messieurs ?

— Superintendant Marlow de Scotland Yard; voici mon collègue, l'inspecteur Higgins.

— Ah... Est-ce pour un bijou ou...

— Nous recherchons un joaillier qui se réclame de votre maison.

L'homme au costume sombre eut un haut-le-corps.

— Comment se nomme ce personnage, superintendant ?

— Michael Waintreegh.

— Ah, encore celui-là !

— Vous le connaissez donc ?

— Pour le connaître ! Mettez-lui la main dessus au plus vite... Voilà la seconde fois qu'il se sert de notre réputation pour traiter des affaires, sous prétexte que nous avons échangé des courriers à propos d'un lot de diamants ! Bien entendu, nous avons porté plainte, mais la police ne semble guère se préoccuper de cette malversation. Pourtant, la réputation de Tessier...

— Ce personnage ne vous importunera plus, promit Marlow ; nous nous en occupons sur l'heure.

— Merci de défendre l'honneur de notre maison, superintendant.

— Vous pouvez compter sur Scotland Yard.

***

Marlow mit en œuvre toute la puissance de la machinerie policière ; on ne s'attaquait pas impunément à Tessier.

Les recherches aboutirent d'autant plus vite que Michael Waintreegh avait opéré sous son véritable nom et que, par surcroît, il se déclarait « courtier en bijouterie et joaillier expert ». Quand Marlow, accompagné de Higgins, sonna à la porte de son officine, ce fut un homme petit, rondouillard, aux mains potelées et aux cheveux noirs plaqués sur le front, qui leur ouvrit.

— Messieurs ?

— Scotland Yard.
— La police ?
— Superintendant Marlow et inspecteur Higgins.
— Vous achetez ou vous vendez ?
— Nous arrêtons.
— Arrêter qui ?
— Les escrocs, par exemple.
— Moi, je suis nickel ! Toutes mes affaires sont parfaitement légales. Bon, vous m'excuserez, mais j'ai du travail.

Waintreegh tenta de refermer sa porte, mais la masse imposante du superintendant l'en empêcha.

— Est-ce légal d'utiliser le nom d'une maison aussi illustre que Tessier sans son accord ?
— Mais j'ai son accord ! Un échange de correspondance...
— Argument sans valeur, monsieur Waintreegh ; j'ai deux plaintes contre vous.
— C'est ridicule, je fais seulement du commerce !
— Calmez-vous, recommanda Marlow, ou je vous passe immédiatement les menottes.

Le joaillier pâlit.

— Les menottes... Vous n'allez quand même pas m'arrêter pour une peccadille ?
— Une plainte est une plainte.
— Mais j'ai du travail, moi, des marchés à conclure !
— Laissez-nous entrer et parlons, proposa Higgins.
— Bon... comme vous voudrez.

Le bureau de Michael Waintreegh était rempli de catalogues de vente de bijoux et d'ouvrages techniques. Le petit homme se laissa tomber sur un fauteuil usé.

— Bon, j'ai commis une petite indélicatesse, mais ça ne valait pas la peine de m'envoyer une armée.

— Votre « indélicatesse » est un délit, monsieur Waintreegh, et nous ne sommes que deux. Pourquoi êtes-vous allé chez le colonel Schipper?

— Eh bien... Pour tenter de réaliser une bonne affaire. Sa femme portait de nombreux bijoux, je voulais les voir et...

— Et les acheter à bon prix en profitant de la douleur d'un veuf?

Le joaillier baissa les yeux.

— Les affaires sont les affaires, inspecteur... Elles ont parfois des impératifs que les profanes comprennent mal.

— Cette démarche était-elle préparée de longue date?

— Non, non... Une impulsion. Malheureusement, ça n'a pas marché; malgré sa peine, le colonel n'a pas été sensible à mes arguments.

— Aviez-vous vendu des bijoux à son épouse?

— Non, inspecteur.

— La connaissiez-vous?

— Seulement de réputation.

— Vous avez donc vu le colonel Schipper pour la première fois en tentant de l'abuser.

— Oui, mais n'exagérons rien... J'envisageais une négociation bien menée, non une escroquerie.

— Vous n'aviez eu aucun contact avec le *butler*, Jepherson Normaid.

— Sauf au téléphone.

Higgins prenait des notes sur son carnet noir.

— Qu'est-ce que vous écrivez, au juste ? demanda le joaillier.

— Je ne voudrais pas déformer vos propos, répondit Higgins.

— Tout ça n'est pas très important...

— Saviez-vous que la plus belle parure de diamants de lady Anna-Lisa Schipper avait été volée ?

Michael Waintreegh se leva, livide.

— Volée, qu'est-ce que ça veut dire, volée ?...

— Le terme ne vous paraît-il pas suffisamment clair ?

— C'est très ennuyeux, mais je n'y suis pour rien.

— Vous tentez d'acheter une collection, vous échouez, et une pièce majeure disparaît... Curieux, non ?

— Curieux ou pas, je n'y suis pour rien ! Et si vous voulez perquisitionner, montrez-moi votre mandat.

La moutarde monta au nez de Scott Marlow.

— Ne quittez pas Londres, Waintreegh ; nous nous reverrons très bientôt.

CHAPITRE XXIV

Higgins dissuada Marlow de lancer une grande offensive contre le joaillier; non point que l'ex-inspecteur-chef tentât d'effacer les deux plaintes justifiées émises contre le peu scrupuleux personnage, mais parce qu'il préférait adopter une autre stratégie.

— Bien entendu, précisa Marlow dans son bureau du Yard, cette affaire n'a aucun rapport avec le meurtre de lady Anna-Lisa.

— Il y a tout de même la disparition de sa parure en diamants, rappela Higgins.

— Certes, mais elle est postérieure au crime; il faudra que cet individu nous avoue où il l'a cachée.

— Waintreegh parlera, affirma Higgins, serein.

Sur le bureau du superintendant, une lettre, arrivée par porteur, à l'intention de Higgins.

— Pour vous.

L'ex-inspecteur-chef ouvrit et lut les quelques lignes, écrites avec clarté et régularité.

— Voici une réaction que j'attendais; Jepherson Normaid me fixe un rendez-vous hors de Mayfair, pendant ses heures de repos.

Scott Marlow fronça les sourcils.

— Motif ?

— Il ne précise pas.

— Je n'aime pas ça ; voulez-vous une protection ?

— Ce n'est pas nécessaire ; le lieu de rendez-vous est Londres, n° 1.

⁂

Londres, n° 1, l'adresse la plus prestigieuse de la capitale, autrement dit Apsley House, était devenue, avec le temps, 149 Piccadilly ; la vieille demeure aristocratique, la première qu'un voyageur découvrait en entrant dans Londres, avait été transformée en « musée Wellington ». Dominant Hyde Park Corner, elle abritait les souvenirs de l'illustre duc et quelques tableaux de grande valeur, signés de Ribera, Vélasquez et Murillo, auxquels s'ajoutaient des tableaux hollandais du dix-septième siècle.

Jepherson Normaid, très élégant dans un costume sombre à rayures d'excellente coupe, faisait semblant d'admirer « le Ménage dissolu » du peintre Jan Steen.

— Comme cet endroit est agréable, estima Higgins ; n'incarne-t-il pas la nostalgie d'une époque où Londres était presque à la campagne ?

— Les temps changent, inspecteur, et il est impossible de rattraper le passé.

— Parfois, c'est le passé qui resurgit et nous prend dans ses filets.

— Dois-je comprendre que Scotland Yard a mené une enquête sur ma carrière ?

— Si vous m'avez donné rendez-vous, c'est bien parce que vous avez répondu positivement à cette question, n'est-ce pas ?

— Vous êtes redoutable, inspecteur.

— Je tente de comprendre, monsieur Normaid.

— Je n'ai rien à vous reprocher.

— Pourquoi ce rendez-vous ?

— Pour que vous en soyez persuadé.

— C'est un peu court, ne croyez-vous pas ?

— Si vous avez passé ma carrière au peigne fin, vous savez qu'elle est irréprochable.

— Aucune ombre ?

— Aucune.

— Où vous trouviez-vous en 1940 ?

— Une année de guerre...

— Vous ne m'apprenez rien.

— Faut-il se souvenir avec certitude de chaque journée de son passé ?

— Une année n'est pas une journée.

— Si je vous affirme que je n'ai commis aucun délit, cela vous suffira-t-il ?

— Non, monsieur Normaid.

— C'est bien ce que je craignais.

— Que faisiez-vous en Inde ?

Le *butler* fut au bord du malaise.

— Comment... Comment savez-vous...

Higgins se garda bien d'avouer qu'il avait misé sur sa seule intuition.

Avec un self-control digne de respect, Jepherson Normaid fit front à la tempête qui menaçait de le submerger.

— Oui, en 1940, j'avais quitté l'Angleterre pour l'Inde.

— Vous étiez pourtant le *butler* d'une grande famille.

— Certes, inspecteur, mais cette guerre me faisait horreur... et j'avais envie de voir de nouveaux horizons. Par hasard, j'eus connaissance d'une proposition qui m'intéressa : m'occuper de la résidence du directeur du collège Mayo.

À quatre cents kilomètres de Delhi, au cœur du Rajasthan, le collège Mayo, fondé en 1875 sur le modèle d'Eton, avait pour mission de former la future caste dirigeante de l'Inde en s'inspirant des principes de l'éducation britannique. L'idée de la création de ce prestigieux établissement, dont les riches élèves se promenaient à dos d'éléphant, suivis par une cohorte de serviteurs, revenait à Richard Southwell Bourke, comte de Mayo, qui tenait à voir, sur ces terres lointaines, des étudiants en uniforme, obéissant à une stricte discipline. Pouvait-on imaginer plus belle devise que celle du collège Mayo, *Let there be light*, « Que la lumière soit » ?

— J'ai visité cette université unique en son genre, avoua Higgins, et je comprends votre démarche ; un poste comme celui-là ne manquait pas d'intérêt.

— C'est ce que je supposais, mais j'ai éprouvé quelque peine à m'habituer à certaines conditions... exotiques. Certes, nos coutumes britanniques n'étaient pas absentes mais il manquait... comment dire... une réelle patine sans laquelle il n'existe pas d'authenticité. Dès que l'opportunité s'est présentée, j'ai regagné l'Angleterre où une famille noble, de haut lignage, m'appelait à son service ; elle m'a épargné les drames de la guerre.

— Ce n'est pas très reluisant.

— J'aurais fait un très mauvais soldat, inspecteur; mais j'ai la prétention d'être un excellent *butler*.

— En Inde, n'avez-vous pas croisé le chemin du colonel George Schipper et de son épouse ?

— Si, en effet... Ils étaient des personnalités marquantes et influentes.

— Comment se comportaient-ils ?

— Eh bien... comme des personnes de qualité.

— Une fois encore, monsieur Normaid, c'est un peu court.

— Je n'ai pas l'habitude de colporter des ragots.

— Ne tombez pas dans ce déplorable travers et faites-moi part de vos observations.

— Le colonel et son épouse formaient un couple très uni; ils voyageaient dans toute l'Inde et donnaient des réceptions brillantes, fort prisées.

— Le colonel n'exerçait-il pas une influence occulte ?

— J'étais trop mal placé pour émettre un jugement valable; néanmoins, il me semble que nombre de personnalités l'écoutaient.

— N'était-il pas mêlé à des opérations financières... risquées ?

— Je suis tout à fait incompétent pour me prononcer.

— Lady Anna-Lisa s'occupait-elle des artistes locaux ?

— Oui, inspecteur.

— Était-elle appréciée ?

— L'épouse du colonel était belle, enthousiaste et entreprenante; lorsqu'on possède ces qualités-là, on suscite forcément quelques jalousies.

— Son comportement ne prêtait-il pas matière à critique ?

— Tout dépend du point de vue que l'on adopte.

— Quel est le vôtre, monsieur Normaid ?

— Mon métier consiste à m'occuper d'une demeure, non à juger les gens qui y résident.

— Ce sont pourtant eux qui vous engagent et qui vous paient.

— Certes ; mais pour moi, c'est la demeure qui compte. Ma mission est de la faire vivre, de l'entretenir, de faire le nécessaire pour qu'elle ne manque de rien. Vous estimez peut-être que je suis un peu mystique, mais c'est ainsi que je conçois mon rôle ; suis-je assez clair, inspecteur ?

Higgins écrivit quelques phrases sur son carnet noir.

— N'avez-vous rien d'intéressant à me dire sur Michael Waintreegh, le joaillier qui s'intéressait aux bijoux de lady Anna-Lisa ?

— Non, vraiment rien.

— Selon vous, il n'avait jamais franchi les portes de l'hôtel particulier des Schipper avant ce récent rendez-vous ?

— C'est la vérité, inspecteur.

— Nous n'avons pas eu le loisir, me semble-t-il, de parler de Drusilla Wharton. La croyez-vous coupable ?

— Là encore, je suis incompétent.

— Vous la considérez bien comme la meilleure amie de lady Anna-Lisa ?

— Ce fait est incontestable, inspecteur.

— N'avez-vous jamais surpris une dispute entre elles ?

— Je n'ai pas l'habitude d'écouter aux portes.

— Sans aller jusqu'à cette extrémité, vous auriez pu être le témoin d'une altercation.

— Ce ne fut pas le cas.

L'ex-inspecteur-chef consulta ses notes.

— Au cours de l'une de ses visites, Drusilla Wharton ne s'est-elle pas comportée de manière anormale ou étrange vis-à-vis de son amie ?

— Je n'ai pas eu cette impression.

— Si vous êtes appelé à la barre, lors du procès, serez-vous un témoin à charge ou à décharge ?

— Ni l'un ni l'autre, inspecteur ; j'espère que ce rendez-vous aura dissipé toute obscurité me concernant.

— Je vous le souhaite, monsieur Normaid.

CHAPITRE XXV

N'eussent été l'amitié et le respect qu'il éprouvait pour Higgins, Scott Marlow n'aurait pas entrepris la démarche administrative nécessaire pour qu'il s'entretînt une deuxième fois, comme il le désirait, avec Drusilla Wharton. Du point de vue du superintendant, cet interrogatoire était tout à fait inutile et n'apporterait rien de nouveau ; mais qui aurait pu résister à l'obstination tranquille de l'ex-inspecteur-chef, lequel n'avait rien laissé percer de son entrevue avec Normaid ?

Drusilla Wharton supportait de plus en plus mal la détention, mais elle restait coquette et séduisante ; de sa superbe chevelure émanait une lumière qui rendait moins gris les murs de sa cellule. Dans les yeux noirs, Higgins discerna une surprise mêlée d'espoir.

— Je suis heureuse de vous revoir, inspecteur ; le temps s'est amélioré, n'est-ce pas ?

— Comment allez-vous, madame ?

— Je ne sais plus, inspecteur ; plutôt mal, je crois. J'avais des journées si chargées que cette immobilité me pèse de plus en plus. J'ai eu la vanité de m'estimer assez forte pour surmonter cette épreuve... Je crains de m'être trompée.

— Soyez courageuse.

— À quoi me servirait ce courage ?

— Vous n'êtes pas encore condamnée.

— Qui est encore convaincu de mon innocence ?

— Vous savez bien que les convictions ne suffiront pas à vous faire sortir d'ici.

— Des preuves... Il faudrait des preuves. Et personne n'en obtiendra.

— Je continue à enquêter.

— En pure perte, je suppose ?

— Pas exactement.

Une larme perla dans les yeux noirs.

— Cela signifie-t-il que vous m'accordez quelque crédit ?

— Point n'est besoin d'espérer pour entreprendre, ni de réussir pour persévérer, dit une célèbre maxime.

— Vous ne me laissez guère de raisons d'espérer.

— Je ne voudrais pas vous entretenir d'illusions, mais je pense avoir éclairci un certain nombre de points obscurs.

— Je n'ai pas tué mon amie Anna-Lisa, inspecteur ; c'est le seul point qui mérite d'être éclairci.

— Ce n'est sans doute pas si simple.

— Pour moi, si ! Mais qui accepte de m'écouter ?

— Je suis revenu.

— Pardonnez-moi, inspecteur... Je suis injuste avec vous, mais vous devez me comprendre ; cette cellule me fait perdre mes nerfs.

— Vous n'avez pas à vous excuser ; c'est à moi de le faire.

— Pourquoi ?

— Parce que je vous aurais torturée en vain si je ne parviens pas à prouver ce que je pressens.

Un pâle sourire revint sur les lèvres de la jolie femme aux cheveux auburn.

— Ainsi, vous êtes persuadé de mon innocence...

— Il ne sert à rien d'en parler tant que la vérité n'aura pas été établie.

La voix de Drusilla Wharton trembla.

— Vous... vous y parviendrez ?

— Je n'avance pas vite, car il m'est impossible de procéder autrement ; mais j'avance.

— J'ai envie de vous embrasser, inspecteur !

— Vous me flattez, madame, mais toute démonstration de satisfaction serait prématurée.

Elle serra les poings.

— Si, au moins, je pouvais vous aider !

— Parlez-moi de Jepherson Normaid.

— Le *butler* des Schipper ?

— Lui-même.

La question de Higgins avait pris Drusilla Wharton au dépourvu.

— C'est un remarquable professionnel, aux excellentes références, que les plus riches familles de Londres se sont arraché. Anna-Lisa ne tarissait pas d'éloges sur son maître d'hôtel et ne se serait séparée de lui à aucun prix. Grâce à Jepherson Normaid, sa maison était tenue à la perfection, et son mari et elle-même vaquaient à leurs occupations en toute sérénité.

— Avez-vous eu des contacts un peu... personnels avec lui ?

— Pas le moindre, inspecteur.

— Même pas une conversation ?

— De son point de vue, c'eût été choquant ; il ne s'autorisait que quelques banalités sur le temps. Aborder tout autre sujet lui eût paru inconvenant.

— Vous ne savez donc rien de sa vie privée.

— Vraiment rien, inspecteur.

— Pas d'échos à son sujet ?

— Si, mais tous favorables ; beaucoup enviaient les Schipper d'avoir réussi à s'attacher les services d'un *butler* de cette qualité.

— L'estimez-vous capable, néanmoins, d'écouter aux portes ?

— Jepherson Normaid, écouter aux portes ! Non, cela me paraît hautement improbable. Je me suis parfois demandé s'il n'était pas davantage préoccupé de la demeure dont il avait à s'occuper plutôt que des êtres qui y habitaient. À mon sens, c'est un homme qui est dévoré par sa fonction mais n'en éprouve ni tristesse, ni ressentiment, bien au contraire.

Higgins ajouta quelques notes à la page de son carnet noir consacré à Jepherson Normaid.

— Je me suis rendu à votre salon de coiffure, révéla-t-il.

— Austreed ?

— Un établissement remarquable.

— Être cliente d'Austreed est un snobisme, concéda Drusilla Wharton, mais il faut admettre que les coiffeuses travaillent à la perfection ; j'ai toujours été très satisfaite de leurs services.

— Y alliez-vous en compagnie de lady Anna-Lisa ?

— Parfois, quand nos emplois du temps nous le permettaient.

— Était-ce l'occasion d'aborder des sujets professionnels ?

— Surtout pas ! Nous avions bien assez d'occasions de le faire. Austreed, c'était un moment de détente.

— Aviez-vous une shampooineuse et une coiffeuse attitrées ?

— Une shampooineuse, non ; une coiffeuse, oui : la directrice elle-même, Diana Hardy.

— Pour quelle raison ?

Les joues de Drusilla Wharton rosirent.

— Elle m'avait demandé cette faveur... à cause de la beauté de mes cheveux, qu'elle jugeait exceptionnelle. Aussi voulait-elle s'en occuper elle-même.

— Une forte personnalité, cette Mme Hardy.

— Dans un métier comme le sien, c'est préférable ; elle doit tenir une équipe de professionnelles au caractère parfois difficile et satisfaire une armada de clientes capricieuses.

— Était-ce votre cas ?

— J'espère que non ; je faisais totalement confiance à Diana Hardy, et elle a su préserver le cadeau que m'a offert la nature.

— Indéniable, reconnut Higgins.

Drusilla Wharton rosit davantage.

— C'est idiot, mais mes cheveux m'aident à lutter pendant cette abominable épreuve ; je me prends à rêver que, bientôt, je me retrouverai chez Austreed et que je serai une femme libre.

— Faisiez-vous des confidences à Diana Hardy ?

— Non, et j'appréciais son calme ; nous parlions de choses et d'autres, parfois de nos goûts artistiques, mais en toute simplicité. Certes, c'est une femme très dure en affaires, mais elle remplit son rôle à la perfection et fait l'unanimité de sa clientèle.

— Ne vous a-t-elle pas donné des informations confidentielles à propos de lady Anna-Lisa ?

— Non... Nous ne parlions d'elle que pour évoquer son formidable dynamisme et sa capacité à rester jeune.

— Avez-vous entendu parler d'un joaillier nommé Michael Waintreegh ?

— Oui, il me semble... C'est assez lointain et je dois fouiller dans mes souvenirs. Waintreegh... N'était-il pas plutôt un courtier en diamants ? Oui, c'est cela !

— L'auriez-vous rencontré ?

— Moi, non ; mais Anna-Lisa a failli conclure une affaire avec lui. Elle avait un goût presque immodéré pour les pierres précieuses, les bijoux et les parures et faisait jouer la concurrence entre ses fournisseurs. Ce Waintreegh s'est glissé dans le lot et lui a proposé des diamants de grande qualité à un prix fort intéressant. Il a eu tort de miser sur la naïveté de mon amie ; comme d'habitude, elle a demandé l'avis d'experts. Leur diagnostic fut formel : des diamants de médiocre qualité proposés au double de leur valeur réelle.

— Quelle fut la réaction de lady Anna-Lisa ?

— D'après elle, une terrible colère ! Elle est allée voir cet aigrefin à son bureau et ne lui a pas caché ce qu'elle pensait de ses procédés. La connaissant, ce Waintreegh a dû subir une véritable tornade ! Mais il avait bien mérité son châtiment.

— L'a-t-elle menacé de le dénoncer à la police ?

— Non, la réprimande suffisait, d'autant plus qu'Anna-Lisa a ruiné sa réputation dans la haute société. Mais... Pourquoi me parlez-vous de ce peu reluisant personnage ?

— Parce qu'il a tenté d'acheter les bijoux de lady Anna-Lisa.

— De quelle manière ?

— En forçant plus ou moins la porte du colonel Schipper.

— J'espère qu'il ne s'est pas laissé abuser !

— Il a eu la lucidité nécessaire pour éconduire Waintreegh.

Le regard de Drusilla Wharton s'illumina.

— Et si... Et si c'était lui, inspecteur ? Si Waintreegh avait voulu se venger d'Anna-Lisa, s'il avait tenté de lui voler ses bijoux, s'il avait été surpris de la trouver chez elle, s'ils s'étaient battus, si...

Elle s'interrompit, haletante.

— Cela fait beaucoup de si, n'est-ce pas, et puis il subsiste les preuves du superintendant.

— Mais Michael Waintreegh existe.

— Ma dernière chance, dirait-on.

— Non, madame ; pas la dernière. Tenez bon, je vous en prie.

CHAPITRE XXVI

Quand Higgins entra dans le bureau de Scott Marlow, ce dernier était au téléphone avec le grand patron du Yard qui demandait à tous ses superintendants de première classe de rédiger leurs rapports dans un style plus classique, avec davantage de précisions techniques et de concision dans la formulation. On ne découvrait pas toujours les délinquants petits ou grands, mais l'on rédigeait toujours un rapport.

L'ex-inspecteur-chef attendit patiemment la fin de la conversation, déplorant que l'on construisît des immeubles avec un air conditionné, donc mort, qui véhiculait des milliards de microbes, des fenêtres qui ne s'ouvraient pas et des armatures métalliques qui formaient une véritable cage remplie d'ondes négatives.

Marlow raccrocha.

— Qu'est-ce qu'on peut perdre comme temps avec ces formalités... Drusilla Wharton clame-t-elle toujours son innocence ?

— Elle n'a pas varié, mon cher Marlow.

— Un bel entêtement.

— Jepherson Normaid a rencontré le colonel et son épouse en Inde, en 1940 ; il y travaillait comme maître d'hôtel d'un illustre collège, mais ne s'est pas habitué au pays et a préféré rentrer en Angleterre.

Le superintendant était heureux que Higgins lui accordât sa confiance et lui donnât les résultats de ses investigations.

— Nous avons donc comblé la lacune qui nous intriguait, estima Marlow ; mais le fait d'avoir rencontré la victime et son mari, voilà longtemps, ne fait pas de lui un suspect.

— Reconnaissez qu'il a manqué de franchise.

— Son attitude n'innocente pas l'accusée.

— Elle vit une terrible épreuve ; néanmoins, elle refuse de reconnaître sa culpabilité.

— Drusilla Wharton s'enferme dans son système de défense ; une attitude inutile et regrettable. Ne vous laissez pas attendrir, Higgins ; c'est une excellente comédienne, voilà tout.

— Elle m'a donné une information qui vous intéressera : Michael Waintreegh a menti.

— Menti ?

— Il connaissait lady Anna-Lisa et avait tenté de l'abuser en lui vendant au prix fort des diamants de mauvaise qualité ; cette dernière ne fut pas prise au piège et ne manqua pas de ruiner sa réputation.

Marlow avait écouté avec grande attention.

— Cette fois, ne convient-il pas de l'arrêter ?

— J'allais vous en prier.

***

Les coups de sonnette, puis les appels du Yard demeurant sans réponse, Marlow donna l'ordre à un policier en uniforme d'ouvrir la porte du bureau de Michael Waintreegh.

Bijoux, dossiers et catalogues, tout avait disparu.

— L'oiseau s'est envolé, constata Marlow ; il se sentait donc bien coupable.

Higgins remarqua la présence d'une feuille de papier épinglée à une tenture ; elle portait quelques lignes et un numéro de téléphone écrits d'une main tremblante :

Je savais que vous alliez m'arrêter et j'ai préféré prendre les devants ; si vous voulez négocier, appelez-moi à ce numéro.

— Ce bandit se moque de nous ! bougonna le superintendant.

— Appelons, décida Higgins.

Le numéro répondit à la troisième sonnerie.

— Ici Waintreegh... Qui est à l'appareil ?

— Inspecteur Higgins.

— Je suis dans une cabine publique et je veux négocier ma liberté contre une information.

— Ce n'est pas si simple.

— Il faut que ça le soit ! Votre parole ou je raccroche !

— Vous l'avez.

— Venez seul, à Kensington Gardens, dans deux heures, à côté de « L'Énergie physique ».

⁂

Sans ses mille sept cents parcs qui luttaient vaillamment contre la pollution, Londres serait mort d'asphyxie. Chênes, hêtres, marronniers et platanes se dressaient vers le ciel afin d'apporter de l'oxygène aux citadins. Les jardins du palais de Kensington, une bâtisse plutôt terne devant laquelle se tenait fièrement une statue de la reine Victoria debout, sceptre en main, étaient chers au cœur des habitants de la capitale ; ils venaient volontiers s'y promener et flâner sur les rives de la Serpentine.

En 1903, le sculpteur G.F. Watts avait eu l'insigne honneur de voir sa sculpture « L'Énergie physique », à savoir un homme nu sur un cheval cabré, installée sur la rive Sud de la Serpentine. Higgins déplorait qu'elle gâtât le paysage, mais eut la satisfaction d'apercevoir Michael Waintreegh, engoncé dans un médiocre imperméable, les mains dans les poches.

— Vous êtes bien venu seul ?

— Mais oui, monsieur Waintreegh.

— Si je parle, vous me laisserez partir ?

— J'ai donné ma parole, mais croyez-vous que Scotland Yard vous laissera en paix ? Votre stratégie est plutôt ridicule.

— Je n'en ai pas d'autre.

— Si, vous présenter de vous-même à la police et avouer ce que vous savez ; la bonne volonté est souvent récompensée.

— L'ennui, c'est qu'une lady a été assassinée et que le Yard va me faire porter le chapeau.

— Pourquoi tant d'inquiétude ?

— Le moment est venu de jouer cartes sur table, inspecteur.

— Excellente idée.

— Lorsque vous m'avez interrogé, je vous ai menti.

— Qu'est-ce qui justifie cet accès de sincérité ?

Le joaillier passa la main dans ses cheveux noirs.

— Tant de personnes sont au courant que la vérité serait parvenue tôt ou tard à vos oreilles... Il est préférable que je vous l'apprenne moi-même.

— Saine résolution.

— L'assassin de la lady... Vous l'avez arrêté ?

— Vous n'êtes pas ici pour me poser des questions, semble-t-il.

— Bon, bon, je demandais ça par curiosité... Puisque l'assassin est arrêté, ce que je vais dire n'a pas grande importance... C'est juste pour être en paix avec ma conscience.

— En ce cas, pourquoi vous être enfui ?

— J'ai été stupide, j'ai paniqué... Excusable, non ? Quand on est un honnête artisan, voir apparaître la police dans le paysage vous fait perdre vos moyens.

— Jusqu'à présent, monsieur Waintreegh, vous ne m'apprenez pas grand-chose.

— Il faut que je m'habitue à vous, inspecteur... Traiter avec Scotland Yard, c'est impressionnant.

— Regardez « L'Énergie physique » : elle devrait vous donner le tonus nécessaire.

— Cette lady Schipper... Ce n'était pas quelqu'un de bien. D'accord, elle était riche, avait une excellente réputation et protégeait de jeunes artistes ; mais ce n'était pas une sainte pour autant.

— Je croyais que vous ne la connaissiez pas.

— C'est ça que je voulais rectifier... En fait, nous nous sommes rencontrés. Comme cette lady appréciait beaucoup les diamants, j'ai tenté de conclure une affaire avec elle.

— Vous voulez dire : de l'abuser?

— Ce fut son interprétation, mais elle avait tort ! En fait, je lui avais proposé des pierres très correctes pour un prix modique. Mais les gens de la haute société sont tous les mêmes ! Quand ils ne paient pas très cher, ils ont l'impression d'être roulés. Je ne lui ai donc rien vendu, et l'incident fut clos.

— Pas tout à fait, puisqu'elle vous a accusé de tentative de malversation.

— Du bavardage !

— Un bavardage qui vous a fait beaucoup de tort.

— Une réputation, ça va, ça vient.

— Qu'avez-vous éprouvé à son égard ?

— De l'indifférence, inspecteur.

— Non, monsieur Waintreegh, du ressentiment, voire de la haine.

— Moi ? J'en suis incapable !

— Votre réaction ne prouve-t-elle pas le contraire ?

— Il ne faut pas se fier aux apparences.

— La haine est un mobile puissant.

— Un mobile... Mais quel mobile ? Ai-je une tête d'assassin ? Cette lady, je ne l'aimais pas beaucoup, d'accord, mais de là à la tuer, il y a une marge !

— Quand vous vous êtes introduit dans son hôtel particulier, vous pensiez qu'elle était absente ; voler ses bijoux vous aurait rapporté un beau magot. Mais elle se trouvait chez elle, et vous n'avez eu d'autre solution que de la supprimer.

Higgins crut que le joaillier allait défaillir.

— Qui est-ce qui vous a raconté ça ? C'est une folie, une folie complète !

— Une hypothèse séduisante ; comme vous avez échoué dans votre entreprise, vous avez eu le cynisme de retourner chez lady Anna-Lisa après sa mort, à visage découvert, et de tenter d'acheter ses bijoux à bas prix en profitant de la détresse du colonel Schipper. Mais il n'a pas cédé, et il ne vous restait qu'une solution : voler. Hâtez-vous de restituer la parure de diamants de lady Anna-Lisa, monsieur Waintreegh.

— Mais je ne l'ai pas ! Vous vous trompez sur toute la ligne, inspecteur... Aucune de ces accusations n'est fondée !

— Que décidez-vous : continuer à fuir ou me suivre au Yard ?

— On va me mettre en prison ?

— Si vous êtes innocent, que redoutez-vous ?

— J'ai peur d'être enfermé... Je suis claustrophobe. Mais je crois qu'il vaudrait mieux vous suivre, car je n'ai rien à me reprocher.

CHAPITRE XXVII

Scott Marlow avait procédé à un interrogatoire serré et approfondi de Michael Waintreegh, sans obtenir de résultats concrets; le joaillier persistait à affirmer son innocence et son honnêteté. Pourtant, il n'avait aucun alibi pour le soir du crime et s'acharnait à répéter qu'il se trouvait à son bureau, occupé à dépouiller des catalogues.

Non seulement le joaillier ne cédait pas sous les assauts, mais encore il menaçait de contre-attaquer en déployant une batterie d'avocats qui prouveraient que Scotland Yard ne disposait contre lui d'aucune preuve sérieuse pour l'accuser du meurtre de lady Anna-Lisa Schipper.

Force fut de reconnaître que la position de Michael Waintreegh était solide; Marlow n'avait entre les mains que deux plaintes pour utilisation abusive d'image de marque commerciale qui ne suffiraient pas à envoyer le joaillier en prison. Et puis ses propres preuves, accablant Drusilla Wharton, innocentaient Waintreegh qui, en d'autres circonstances, eût été un excellent suspect.

Restait le vol de la parure de diamants ; ce terrain-là semblait beaucoup plus solide, et le superintendant ne désespérait pas de coincer cet aigrefin dont la tête et la conduite lui déplaisaient au plus haut point. Grâce à son acharnement, Higgins avait levé un lièvre, mais sans aucun rapport direct avec le crime. L'ex-inspecteur-chef n'avait plus qu'à regagner sa paisible retraite de The Slaughterers ; il s'était bien battu, mais la bataille était perdue d'avance.

Quand il réapparut, impeccable dans son costume bleu nuit d'une sobre élégance, le superintendant se montra chaleureux.

— Désirez-vous que je vous raccompagne chez vous, Higgins ?

— J'apprécie beaucoup le confort de votre vieille Bentley, mon cher Marlow, mais il nous reste au moins une tâche indispensable à accomplir.

— Ah ?

— À juste titre, vous vous demandiez pourquoi je n'avais pas posé certaines questions au colonel Schipper ; eh bien, le moment est venu.

— Est-ce vraiment indispensable ?

— Vous comme moi aimons le travail bien fait ; cette démarche effectuée, nous aurons la conscience tranquille.

— Nous risquons d'importuner le colonel.

— Je ne le pense pas.

— C'est vraiment votre dernière démarche dans cette affaire ?

— Pour ainsi dire.

— Allons-y.

*
**

— Ces messieurs désirent ? demanda Jepherson Normaid.

— Nous aimerions voir le colonel, déclara le superintendant.

— C'est malheureusement impossible, du moins à Londres ; le colonel est parti se reposer sur ses terres, à Droughton House.

— Ne deviez-vous pas l'accompagner ? interrogea Higgins.

— C'est selon le bon vouloir du colonel ; après le vol que nous avons subi et qui l'a beaucoup marqué, il a préféré que je garde la maison. Il devra se contenter d'une domesticité paysanne, à Droughton House et, je le crains, d'un service de second ordre.

— Ce déplacement était-il prévu ?

— Le colonel n'est pas tenu à me faire part de ses intentions.

Le *butler* était de plus en plus pincé.

— Soyez vigilant, recommanda Higgins ; cette demeure contient bien des trésors.

— J'aurai le sommeil de plus en plus léger, inspecteur.

— Pouvez-vous nous donner l'itinéraire le plus rapide pour Droughton House ?

Grâce aux indications précises fournies par le *butler*, Scott Marlow n'eut aucune peine à trouver la bonne route menant à la résidence principale du colonel. Ravie de humer un air sain et vivifiant, la vieille Bentley avala les miles et se présenta, presque pimpante, à la grille d'un élégant château du dix-septième siècle, de style Tudor, dont la façade basse, à deux étages, et très allongée, était mise en valeur par une somptueuse pelouse et un étang. Le séduisant édifice ne comptait pas moins de soixante-dix pièces, de trois cents fenêtres et de quatre cours intérieures ; une longue avenue bordée de platanes centenaires menait à l'entrée principale, couverte de lierre.

Un *butler* beaucoup moins distingué que Jepherson Normaid accueillit les deux policiers dans un vestibule où régnaient des trompe-l'œil, représentant des jardins paradisiaques, tels que les imaginaient les peintres italiens de la Renaissance.

Impressionné, voire affolé par les mots « Scotland Yard », le *butler* courut prévenir le colonel de la présence des deux policiers. Indéniablement, il n'avait pas le self-control de Jepherson Normaid.

Une dizaine de minutes plus tard, le *butler* revint, essoufflé.

— Je suis désolé, s'excusa-t-il, mais les couloirs de ce château sont interminables ; le colonel désire savoir si vous acceptez son invitation à déjeuner.

— Avec plaisir, répondit Higgins.

La salle à manger était, elle aussi, décorée de trompe-l'œil géants représentant des scènes de chasse au renard dans la campagne anglaise. Le mobilier était signé de Pierre Gole, le prédécesseur mal connu de l'illustre Boulle, dont la signature était synonyme de fortune pour les heureux propriétaires de ses créations. Sur le dessus de la cheminée était exposé un service de porcelaine de Sèvres, dont le bleu céleste datait sans nul doute du dix-huitième siècle.

Le colonel Schipper apparut en uniforme d'apparat ; comme tout vrai héros, il ne portait d'autre décoration qu'une fleur à la boutonnière, en l'occurrence un œillet rouge.

— Heureux de vous recevoir, messieurs ; auriez-vous des nouvelles importantes à m'apprendre ?

— La culpabilité de Drusilla Wharton reste bien établie, déclara Higgins, au grand étonnement de Scott Marlow, mais nous devons régler avec vous un certain nombre de détails secondaires afin de clore définitivement cette affaire.

— À votre convenance, messieurs ; passons-nous à table ?

Le clou du déjeuner était un turbot aux cèpes et pommes vapeur à l'ail et au persil, servi dans un plat en forme de truite saumonée.

— Pour le vin, déclara le colonel, j'ai longtemps hésité entre un lynch-bajes, un pauillac et un listrac ; en fin de compte, mon choix s'est porté sur ce dernier, en fonction de la saveur de ce poisson. Sommes-nous d'accord ?

— L'aventure mérite d'être tentée, estima Higgins.

— Ne prenez pas garde au service un peu... approximatif. En l'absence de Jepherson Normaid, je ne peux pas me montrer trop exigeant.

— Pourquoi n'est-il pas venu ? demanda Higgins.

— Je lui ai ordonné de rester à Mayfair et de surveiller la maison ; je redoute une nouvelle intervention du voleur.

— De ce côté-là, intervint Marlow, soyez rassuré ; nous avons mis la main sur Michael Waintreegh, ce joaillier indélicat, et nous gardons un œil sur lui.

— A-t-il avoué son forfait ?

— Pas encore, mon colonel, mais nous sommes persuadés qu'il est bien l'auteur du vol.

— Retrouvera-t-on la parure de diamants de mon épouse ?

— Nous nous y employons, assura Higgins.

— Je compte sur vous, messieurs.

— Saviez-vous que ce Waintreegh avait tenté de vendre à votre épouse des diamants de médiocre qualité à un prix excessif ?

— Je l'ignorais, inspecteur.

— Lady Anna-Lisa ne fut pas abusée et ne manqua pas de critiquer vertement le comportement de ce joaillier peu scrupuleux.

— En avait-il conçu de la haine à l'égard de mon épouse ?

— Il le nie, mais comment le croire ?

— Et ce médiocre personnage a osé forcer ma porte pour tenter d'acheter les bijoux de ma femme ! Quel incroyable manque de pudeur...

— Il a fait un repérage pour préparer le vol, estima Marlow ; c'est une tactique habituelle, de la part de ce genre de malfaiteur.

— Quand le malheur s'abat sur une maison, il ne cesse de s'acharner ; l'assassinat, le vol, après tant d'années de bonheur et de sérénité... Si je ne possédais pas une carcasse de vieux soldat, rompu à bien des assauts, j'aurais sans doute succombé sous les coups du destin. Cette tragédie me rappelle des épisodes dramatiques de la guerre ; un soldat, blessé le lundi, voulait retourner au front le mardi, et succombait le mercredi sous le feu de l'ennemi. « Un malheur n'arrive jamais seul »... Le proverbe a malheureusement raison. Ici, dans cette demeure de famille, le chagrin paraît un peu moins lourd... Je vais peut-être m'y retirer ou voyager pendant quelques mois, afin de m'étourdir. Le temps fait son œuvre, dit-on, quelle que soit l'ampleur de la peine. Que pensez-vous de ce vin, messieurs ?

— Une petite merveille, répondit Higgins.

— Je le fais venir directement de France et n'ai constaté aucune baisse de qualité depuis plusieurs années ; dans ce monde chaotique, quelques valeurs subsistent. Si nous ne sommes pas vigilants, messieurs, la civilisation que nous avons bâtie avec courage et patience tombera entre les mains des bandits et des coquins.

— Scotland Yard leur barrera la route, affirma le superintendant avec une mâle assurance.

— Par bonheur, des gens comme vous ne relâchent pas leur attention ; sans l'armée ou la police, où irions-nous ?

Le dessert, un clafoutis aux poires, ne manquait pas de saveur ; il fut accompagné d'un remarquable *vintage*, au bouquet ensoleillé.

— Que pensez-vous de Jepherson Normaid ? demanda Higgins.

— Mon *butler* ?

— Lui-même.

— Est-il nécessaire de penser quelque chose d'un *butler* ?

— J'aimerais connaître votre avis.

CHAPITRE XXVIII

Le colonel but une gorgée de porto avant de répondre à l'ex-inspecteur-chef.

— Jepherson Normaid est un parfait *butler*, l'exemple même de ce que devrait être tout maître d'hôtel; il n'y a vraiment rien à en dire, sinon qu'il est un excellent professionnel et sait passer inaperçu. Depuis que nous l'avons engagé, ni mon épouse ni moi-même n'avons eu quoi que ce soit à lui reprocher.

— Que savez-vous de sa vie privée?

— Un *butler* ne doit pas avoir de vie privée, inspecteur! Son existence, c'est la maison dont il s'occupe.

— Qui vous l'a recommandé?

— Sa réputation parlait pour lui; Anna-Lisa et moi l'avions rencontré en Inde, en 1940, alors qu'il était au service du collège Mayo, le meilleur établissement du pays. Comme le climat ne lui convenait pas, il avait décidé de retourner en Angleterre, et nous étions convenus de nous contacter dès que nous rentrerions nous-mêmes au pays.

— Avez-vous été témoin d'un quelconque

affrontement entre votre épouse et Jepherson Normaid ?

— Certes pas, inspecteur ! Si un tel incident avait eu lieu, je l'aurais immédiatement mis à la porte.

— Nous sommes allés au salon de coiffure où votre épouse bénéficiait des soins éclairés de Diana Hardy.

— Austreed ? C'est un magnifique établissement, le meilleur salon de la capitale ; Anna-Lisa était très satisfaite de ses services.

— Vous y êtes-vous rendu ?

— J'ai quelquefois accompagné mon épouse chez Austreed, d'où l'on ne m'a pas chassé ! Diana Hardy est une femme charmante, une battante et un génie de la coiffure ; comme on dirait dans mon régiment, c'est une femme qui mériterait d'être un homme ! Elle dirige son salon comme un véritable bataillon, avec une poigne de fer et des ordres stricts.

— Saviez-vous que Drusilla Wharton était aussi cliente d'Austreed ?

— Oui, ma femme s'y rendait parfois avec elle ; se faire coiffer était, pour elles, un agréable moment de détente.

Higgins consulta son carnet noir.

— Êtes-vous certain de la culpabilité de Drusilla Wharton ?

— C'est une question à laquelle je suis incapable de répondre, déclara le colonel Schipper ; j'y ai souvent songé, et je ne parviens pas à croire qu'elle ait assassiné sa meilleure amie.

— Je dois évoquer une confidence que votre épouse aurait offerte à sa meilleure amie, voici quelque temps ; une confidence en forme d'énigme.

— Anna-Lisa adorait les bons mots ; sous ses dehors sérieux, elle était souvent l'auteur de plaisanteries qui faisaient rire aux éclats toute une assemblée.

— En l'occurrence, je ne discerne pas l'humour de sa confidence qui tenait en ces quelques mots : « canotier », « canal » et « tête de mort » ; peut-être détenez-vous l'explication ?

— C'est très énigmatique, en effet... Êtes-vous certain que Drusilla Wharton n'a pas inventé cette bizarrerie ?

— Pour être franc, non ; c'est pourquoi nous voulions vous consulter pour vérifier l'authenticité éventuelle de cette énigme. Votre épouse ne vous l'a jamais soumise ?

— Jamais, inspecteur.

— Si Drusilla Wharton a inventé cette énigme, ce n'est pas sans intention.

— Peut-être, mais laquelle ?

— Ces termes ne signifient-ils vraiment rien pour vous ?

— Le premier, c'est « canotier » ?

— En effet.

Le colonel demeura perplexe.

— Au cours de ma longue carrière, je n'ai vu aucun soldat porter ce genre de couvre-chef ! Quant à mon épouse qui aimait les chapeaux de luxe, fussent-ils extravagants, elle n'a jamais acheté de canotier.

— Et Drusilla Wharton ?

— Son élégance était devenue proverbiale ! La voyez-vous affublée d'un canotier ?

— Le deuxième mot, « canal » ?

— Quel canal ?

— Je n'ai pas d'autre précision, colonel.

— C'est vraiment très vague... Des canaux, ma femme et moi en avons vu des dizaines ! Nous avons même vogué en gondole sur le grand canal de Venise, un soir d'automne ensoleillé et mélancolique ; le gondolier nous charmait les oreilles avec une chanson d'amour.

— « Canal » ne serait-il pas le nom d'un homme ?

Le colonel George Schipper réfléchit.

— J'ai une excellente mémoire des noms ; je pourrais encore vous citer le nom et le prénom de tous les hommes qui ont servi sous mes ordres pendant la Grande Guerre. Non, je n'ai connu personne portant le nom de « Canal ».

Higgins biffa une ligne.

— Et « tête de mort » ?

— Ça, c'est plus clair, inspecteur ! Vous êtes trop jeune pour le savoir, mais les chars allemands portaient cet emblème sinistre pour terroriser l'adversaire. À la fin de la guerre, on m'a confié la tâche d'envoyer à la casse ces maudites ferrailles.

— Lady Anna-Lisa s'est-elle préoccupée de ce travail ?

— Non, ni de près ni de loin.

— Elle n'avait donc aucune raison de prononcer ces termes-là.

— Si elle les a prononcés et si elle en avait une, je ne la connais pas.

— Nous sommes dans le brouillard, avoua l'ex-inspecteur-chef.

— Désolé de ne pouvoir le dissiper.

— La criminelle aura inventé n'importe quoi pour nous orienter vers une fausse piste, estima Scott Marlow ; l'accusation retournera l'argument contre elle.

— J'ai songé à une hypothèse audacieuse, avança Higgins.

— Laquelle ?

Le superintendant cessa un instant de respirer ; l'ex-inspecteur-chef allait-il oser, sans aucune preuve, mettre en cause le colonel George Schipper ?

— Supposons que Drusilla Wharton, qui aimait la beauté sous toutes ses formes, ait éprouvé l'irrésistible envie de posséder la parure de diamants de lady Anna-Lisa.

— Elle était plus riche que nous, objecta le colonel, et aurait pu s'offrir n'importe quelle parure de ce type.

— N'importe laquelle, mais pas celle-là ! Elle était unique, comme toute création, et ne pouvait être remplacée par aucune autre. Si Drusilla Wharton avait demandé cette parure à votre femme, la lui aurait-elle donnée ?

— Non, inspecteur ; comme je vous l'ai indiqué, elle et moi lui attachions une très grande valeur sentimentale. Le vol serait donc le mobile du meurtre ?

— On pourrait même imaginer une complicité avec le joaillier qui, lui aussi, convoitait ce trésor et les autres bijoux.

— Auraient-ils agi... ensemble ?

— Ce n'est pas impossible. La présence inattendue de votre épouse aura bouleversé leurs plans, et ils auront quitté votre demeure de Mayfair sans la précieuse parure ; c'est la raison pour laquelle, après l'arrestation imprévue de Drusilla Wharton, Michael Waintreegh a fait une ultime tentative pour s'emparer des bijoux de lady Anna-Lisa.

— Brillante reconstitution, inspecteur, mais le témoin oculaire n'a vu sortir de chez moi que Drusilla Wharton.

— Et n'oublions pas la présence de son cheveu, rappela Marlow; de la présence éventuelle du joaillier sur le lieu du crime, il n'existe aucun indice matériel.

— Il est vrai que nous ne pouvons compter que sur les aveux de Waintreegh, reconnut l'ex-inspecteur-chef; mais le superintendant et moi-même sommes persuadés qu'il est mêlé à l'assassinat de votre épouse.

Marlow, soulagé, opina du chef; Higgins avait suivi la voie de la raison et ne s'était pas égaré dans les méandres de l'imagination.

Le colonel parut soudain très abattu.

— Vous faites votre travail, messieurs, mais identifier l'assassin, arrêter son éventuel complice, les condamner à la peine la plus sévère ne fera pas revenir Anna-Lisa. Comme vous, je souhaite et j'exige leur châtiment, mais atténuera-t-il ma peine?

— L'âme d'une victime ne repose pas en paix tant que toute la vérité n'a pas été établie, affirma Higgins; c'est pourquoi Scotland Yard tient à répandre toute la lumière sur le drame qui vous touche.

— Je vous en sais gré, messieurs.

Après un ultime porto, Marlow et Higgins quittèrent le domaine, laissant le colonel George Schipper à sa solitude et à sa souffrance.

CHAPITRE XXIX

La vieille Bentley accomplit le retour avec beaucoup moins d'entrain que l'aller ; à l'approche de la pollution londonienne, des tôles commencèrent à gémir et la suspension se raidit.

Marlow n'était pas mécontent ; grâce à cette dernière entrevue avec le colonel, où le bon ton avait été de rigueur, l'enquête désespérée de Higgins prenait fin.

— Êtes-vous satisfait ?

— Cette conversation fut fort utile, mon cher Marlow.

— Dois-je vous raccompagner directement à The Slaughterers ou passez-vous d'abord à votre hôtel ?

— Ni l'un ni l'autre.

— Mais enfin, Higgins ! Que voulez-vous encore tenter ?

— Cette enquête exige beaucoup de précision ; qu'est-ce qu'un canotier, mon cher Marlow ?

— Eh bien... C'est un couvre-chef !

— Il possède une particularité.

— Peut-être, mais quelle importance, puisque nous savons que Drusilla Wharton a tout inventé ?

— Un canotier est un chapeau que l'on portait l'été, précisa Higgins, imperturbable.

— Admettons... Quelle conclusion en tirez-vous ?

— À quelle date éclata la Grande Guerre ?

— En août 1914.

— Donc, l'été, à savoir la période où l'on portait des canotiers.

— Nul ne vous contredira sur ce point, mais une fois de plus, quelle importance ?

— Soyez aimable de nous conduire au bureau des archives photographiques des armées. J'aimerais vérifier ce point.

Marlow ne chercha pas d'objection ; lorsque Higgins se montrait d'un tel sérieux, rien ne l'aurait dévié de son but.

⁂

Le fonctionnaire ne semblait pas surmené.

Vêtu d'une blouse grise, coiffé en brosse, il semblait, lui aussi, faire partie des archives sur lesquelles il veillait.

— Vous êtes de Scotland Yard ? Superintendant de première classe ou inspecteur-chef... Vous recherchez quoi, au juste ?

— Des photographies datant d'août 1914.

— Ici, je n'ai pas de scènes de genre... Juste des clichés de la déclaration de guerre, dans les divers pays d'Europe concernés.

— Ils nous conviendront tout à fait.

Une petite heure fut nécessaire au préposé pour extraire de ses archives les documents demandés et les étaler sur une grande table de chêne. À Paris, à Londres et dans d'autres capitales, la déclaration de guerre avait été saluée avec enthousiasme par des hommes excités à l'idée de combattre, et dont la plupart portaient des canotiers ; à Berlin même, une photographie en date du 4 août 1914 montrait une foule en liesse ; la plupart des participants à la manifestation étaient coiffés de superbes canotiers et certains agitaient des portraits de Guillaume II.

— La qualité technique est excellente, remarqua Higgins.

— En ce temps-là, inspecteur, affirma le préposé, on faisait tout mieux qu'aujourd'hui. On prenait son temps et on aimait le travail fini. C'est cette Grande Guerre qui a détruit l'Europe, alors qu'elle existait et que les gens n'étaient pas encore esclaves du progrès.

Bien qu'il jugeât ces propos injustes et rétrogrades, Marlow n'envenima pas la conversation.

— Désirez-vous autre chose, messieurs ?

— Non, ce sera parfait.

⁂

La vieille Bentley s'aventura lentement dans Floral Street, une rue plutôt élégante proche de Covent Garden.

Lorsque Marlow se gara, un policeman interventionniste menaça de lui dresser procès-verbal ; le superintendant dut justifier de sa qualité pour éviter cet affront.

Scott Marlow n'était pas de bonne humeur ; la nouvelle démarche de Higgins lui paraissait inutile et, de plus, inconvenante.

— Nous n'avons aucun mandat, Higgins, et rien ne justifie notre intervention.

— Sur la forme, vous avez raison, superintendant.

— La réputation du Yard...

— Il est préférable que vous m'attendiez dans votre voiture ; si je subis un échec trop cuisant, ce sera à titre personnel et en tant qu'ex-inspecteur-chef. Aussi, Scotland Yard ne sera-t-il pas impliqué.

— Êtes-vous persuadé de la nécessité de cette visite ?

— Après elle, je ne solliciterai plus votre patience ; du moins, je l'espère.

Higgins poussa la porte d'un immeuble coquet et grimpa jusqu'au troisième étage d'un pas alerte ; par bonheur, son genou gauche semblait décidé à le laisser en paix, et l'articulation fonctionnait à merveille.

Floris Stephan répondit au troisième coup de sonnette.

— Oh ! Vous êtes l'inspecteur de Scotland Yard ?

— En effet, mademoiselle ; j'ai eu le plaisir de faire votre connaissance chez Austreed.

— Oui, oui, je me souviens bien... Mais comment avez-vous trouvé mon adresse ?

— C'est vous qui me l'avez donnée ; un panneau, au rez-de-chaussée, précisait votre étage.

Elle était délicieuse, presque enfantine ; sa blondeur et sa petite taille faisaient songer à une poupée fragile.

— C'est gentil de venir me voir.

— Je passais dans le quartier et j'ai pensé que quelques fleurs ne vous déplairaient pas.

Higgins offrit à Floris Stephan le bouquet de narcisses qu'il cachait derrière son dos.

— Oh ! Ça, c'est vraiment trop gentil ! Vous entrez ?

— Je ne voudrais pas vous déranger.

— Ma journée de travail est terminée, vous ne me dérangez pas du tout ; venez, je vous offre un apéritif. Une bonne cliente m'a offert une liqueur verte fabriquée par des moines français ; je ne sais pas ce que c'est, mais il paraît que c'est bon pour la santé.

Comme la jeune femme l'avait annoncé, son deux pièces était charmant ; dans cette bonbonnière régnaient des tissus chamarrés et chauds.

— J'ai une chambre petite, mais très claire, ce grand salon, une cuisine moderne et une salle d'eau bien aménagée ; n'est-ce pas agréable ?

— Je vous félicite, mademoiselle.

— Asseyez-vous, je vais chercher deux verres.

Higgins, mains croisées derrière le dos, s'intéressa aux étagères sur lesquelles Floris Stephan avait disposé un nombre impressionnant de produits de beauté et de parfums, parmi lesquels certains étaient illustres, comme Stephanotis, Blenheim Bouquet, Blue Bell ou Lily of the Valley.

— Jolie collection, mademoiselle.

— J'adore ! Il n'y a rien de plus excitant que le luxe, n'est-ce pas ? Sans lui, l'existence serait terne et grise. Les parfums, les produits de beauté, ce sont les couleurs de la vie.

La chartreuse verte était d'une excellente qualité.

— C'est bon, non ?

— Un tonique naturel ne peut pas faire de mal.

— Dans un métier comme le mien, il faut parfois se remonter, car le surmenage guette presque chaque jour. Mme Hardy n'est pas une patronne facile; si l'on tombe malade, on risque d'être renvoyée. La chance m'a donné une santé de fer et je prie le ciel pour la conserver.

— Avez-vous eu des heurts avec votre patronne ?

— Elle n'est pas commode, je vous l'ai dit, et dans le travail, on a forcément des prises de bec. Comme on est entre professionnelles et que le métier passe avant tout, ça n'a pas de conséquences; pourvu que les clientes soient contentes, nos petites querelles n'ont pas d'importance.

— Des jalousies, chez vos collègues ?

— C'est humain, inspecteur; qui ne rêverait de diriger un salon de coiffure comme Austreed ? Mais chacune finit par admettre que Diana Hardy est la plus compétente et la plus capable.

— Était-elle une grande amie de lady Anna-Lisa ?

Floris Stephan eut une moue dubitative.

— Dans ce métier, une cliente ne devient jamais une véritable amie.

— Les liens n'étaient-ils pas plus étroits avec Drusilla Wharton ?

— En apparence, seulement, car Mme Wharton était beaucoup plus aimable que lady Schipper; il est difficile de croire qu'une personne aussi gentille soit devenue une criminelle.

— La vie est remplie de surprises, mademoiselle; c'est ce qui fait son charme, paraît-il.

— Mme Hardy prétend le contraire !
— Pourquoi donc ?
— Parce qu'elle déteste l'improvisation ; chez Austreed, il faut tout prévoir et ne jamais se laisser surprendre.
— Resterez-vous shampooineuse ou souhaitez-vous devenir coiffeuse ?
— Ce sont deux métiers différents ; je maîtrise ma technique et j'aime mon travail. Alors pourquoi changer ?
— N'est-ce pas lassant, à la longue ?
— Pas chez Austreed ; chaque cliente est si exigeante que les shampooineuses ne peuvent pas être médiocres.
— Les coiffeuses ne vous regardent-elles pas de haut ?
— Ça arrive, mais comme nous leur sommes indispensables, on finit par collaborer ; sinon, Mme Hardy trancherait dans le vif.
— Elle vous laisse quand même les tâches subalternes, comme le nettoyage.
— Ça fait partie du métier, inspecteur.
— Puis-je vous poser une question indiscrète ?
Floris Stephan sourit.
— Si elle ne l'est pas trop, j'essaierai de vous répondre.
— Restez-vous ici, ce soir, ou comptez-vous sortir ?
— Ce n'est pas si indiscret ! Je me sens un peu fatiguée, je reste chez moi avec un bon roman, un bon disque et une plaquette de chocolat. Dès que j'aurai sommeil, je me mettrai au lit.
— C'est bien vrai ? demanda Higgins, paternel.
Floris Stephan tendit la main droite.
— Je le jure !

[illegible]

— C'est [illegible]

— Un peu de [illegible]

[illegible] argent.

[illegible]

[illegible] quitté [illegible]

[illegible] Fleury-Mérogis.

— Deux policiers [illegible] pensaient

[illegible] dans [illegible]

[illegible] Mauve [illegible]

[illegible]

— Nous avons [illegible]

CHAPITRE XXX

— Comment cela s'est-il passé, Higgins ?

— Au mieux, mon cher Marlow ; auriez-vous l'obligeance de me conduire au bureau de poste le plus proche ?

— S'est-elle montrée... aimable ?

— Notre conversation fut des plus sereines et j'ai obtenu la dernière pièce du puzzle.

— Du puzzle... du puzzle ?

— Pouvez-vous demander le maximum à votre moteur ? C'est assez urgent.

Répondant au vœu de l'ex-inspecteur-chef, la vieille Bentley déploya toute son énergie.

— Pendant que je m'acquitte de ma tâche, veuillez appeler le Yard, superintendant, et faites placer deux policiers en uniforme devant l'entrée de l'immeuble de Floris Stephan.

— Deux policiers... Mais pourquoi ?

Higgins s'était déjà engouffré dans le bureau de poste; par précaution, Scott Marlow obtempéra. Le ton de l'ex-inspecteur-chef n'était pas celui de la plaisanterie.

Quand Higgins reprit place dans la vieille voiture, il parut soulagé.

— Nous avons un peu de temps devant nous,

superintendant ; si vous acceptez de dîner avec moi dans un endroit sympathique, je vous donnerai le nom de l'assassin de lady Anna-Lisa Schipper.

— Mais enfin, Higgins ! Je croyais que...

— Un crime diabolique, mon cher Marlow, un crime qui se voulait parfait ; mais il y avait un cheveu en trop.

*
**

Les banquettes de cuir noir de The Hunting Lodge, dans Lower Regent Street, étaient confortables ; aux murs, des fusils anciens et des tableaux consacrés à des scènes de chasse. Les deux policiers commandèrent du pâté aux cinq poissons, du râble de lièvre aux cerises et un sancerre rouge.

— Ce pâté est une merveille, admit Marlow ; mais pourquoi refusez-vous la culpabilité de Drusilla Wharton ?

— Dès le premier instant où je l'ai vue, j'ai été persuadé qu'elle était innocente. Bien sûr, ce sentiment ne suffisait pas ; mais vous admettrez que Drusilla est une personne digne, d'une belle noblesse d'âme. Le témoignage de Jepherson Normaid la décrit comme l'amie sincère de lady Anna-Lisa, ce que corrobore le colonel Schipper lui-même. Partons de cette vérité-là, superintendant, et considérons que Drusilla Wharton n'a jamais eu l'intention de faire le moindre mal à lady Anna-Lisa.

— C'est une hypothèse qui n'a pas reçu confirmation, Higgins !

— Qui est le colonel Schipper ? D'après Drusilla Wharton, un homme brave et courageux ; le nombre de ses décorations prouve qu'il a accompli de nombreux exploits militaires, et il honore son passé en étant présent à quantité de manifestations d'anciens combattants. Qui était son épouse ? Une mécène, menant une vie mondaine intense. D'après lui, une femme admirable; entre eux, pas une ombre. Tableau magnifique, ne trouvez-vous pas ?

— Ne serait-il pas authentique ?

— Diana Hardy nous a décrit lady Anna-Lisa comme une femme difficile, intraitable, capricieuse, dotée d'une grande force de caractère et d'une capacité à s'imposer à autrui. À autrui... donc à son propre mari.

— Je ne vous suis pas, Higgins.

— Nous allons modifier un peu les couleurs du tableau, à cause de la précieuse confidence de lady Anna-Lisa : « canotier », « canal », « tête de mort ».

— Mais Drusilla Wharton a tout inventé !

— Supposons que non, et attachons la plus grande importance à l'ordre même des mots, puisqu'ils formaient son « secret ». Que désignaient-ils ? Ce n'étaient ni des noms propres, ni des noms de code; il fallait donc chercher d'autres pistes. Nous avons visité, au moins en partie, l'hôtel particulier de Mayfair et le château du colonel; un détail ne vous a-t-il pas frappé ?

— Je ne vois pas...

— Une absence totale de photographies. C'est tout à fait inhabituel, chez un vieux soldat aussi décoré; il aurait dû avoir sous les yeux des souvenirs de ses exploits passés.

— Bizarre, en effet, mais quelle explication...

— Ces photographies existent, bien entendu, mais lady Anna-Lisa les avait cachées dans un endroit inaccessible qu'elle était seule à connaître.

— Pourquoi aurait-elle agi ainsi ?

— Parce que ces clichés montraient un homme bien différent de celui qui avait forgé sa propre légende ; il suffisait d'ailleurs de deux photographies qu'il n'est pas difficile de reconstituer.

Le superintendant était intrigué.

— Comment expliquez-vous « canotier » ?

— Vous avez vu, comme moi, les photos d'archives, notamment celles qui montraient des hommes portant des canotiers, lors de la déclaration de guerre, en août 1914 ; supposez que, dans la foule des partisans de Guillaume II, à Berlin, il y ait eu un homme qui n'aurait pas dû se trouver là, un homme identifiable, un homme qui se nommait George Schipper.

— Inconcevable, Higgins !

— La seconde photographie était encore plus significative ; elle devait correspondre au mot « canal ». En septembre 1914, les Allemands marchèrent sur Anvers, et les soldats belges défendirent âprement le canal Willebrock. Où se trouvait Schipper ? Sur la mauvaise rive du canal, du côté allemand, là où le vit Anna-Lisa qui, nous le savons, opérait derrière les lignes ennemies. « Canal » fut, pour elle, synonyme de bonheur, et marqua le moment où son existence a basculé ; autrement dit, l'endroit où elle rencontra un traître et un lâche qui possédait pourtant une qualité irremplaçable : la fortune. Au lieu de le dénoncer, elle choisit une solution beaucoup plus intéressante : le faire chanter, l'obliger à l'épouser. Officiellement, on parla de coup de foudre et de mariage précipité, on évoqua même Roméo et Juliette ; quelle fable merveilleuse, pour le colonel et son épouse ! Ils s'en accommodèrent l'un et l'autre, et y trouvèrent même avantage ; lui préservait sa réputation, elle devenait riche.

— Vous racontez une histoire hallucinante, Higgins !

— Elle seule explique l'ensemble des faits, mon cher Marlow, comme vous allez vous en apercevoir. Le troisième et dernier aspect du secret de lady Anna-Lisa, « tête de mort », m'amène à donner une interprétation très particulière de la version officielle. Le colonel Schipper s'est bien occupé de réformer les chars allemands, mais en compagnie d'un industriel, Alec Sherfield ; Schipper et lui ont tiré des bénéfices substantiels et illicites de la vente de ce matériel. Lorsque Sherfield est devenu trop gênant, sans doute parce qu'il a voulu faire chanter le colonel, il est mort dans un « accident » de voiture, en 1926 ; et dès 1927, le colonel a quitté l'Angleterre pour un long séjour en Inde.

— Vous l'accuseriez... d'assassinat sur la personne d'Alec Sherfield ?

— Assurément. Voilà pourquoi lady Anna-Lisa pouvait parler de *son secret* ; elle savait que George Schipper était un traître, un agent double et un criminel. Mais elle avait eu l'intelligence perverse de profiter de l'occasion et de réussir un mariage qui eût été impossible en temps de paix, comme l'a justement noté James Clerken. Riches, admirés, bien installés dans l'*establishment*, pourquoi lady Anna-Lisa et son mari auraient-ils rompu leur pacte ? Certes, elle le tenait à la gorge, mais elle avait trouvé sa propre voie dans le mécénat artistique, et cette union forcée s'était transformée en véritable mariage. Ils s'entendaient à merveille et coulaient des jours heureux, en occultant le passé. Qu'importait l'origine de leur gloire et de leur fortune, que personne n'oserait jamais remettre en cause.

— Vous êtes très troublant, Higgins, mais où sont vos preuves ?

— Je n'ai pas soupçonné d'emblée la réalité des faits et je vous livre le dernier état de ma réflexion ; en progressant, et à cause du meurtre de lady Anna-Lisa, vous constaterez que je ne me trompe pas.

Il fallut une pinte de bière, plus corsée que le sancerre, pour permettre au superintendant de continuer à suivre Higgins sur ce chemin semé d'horreurs.

— Passons à ce long séjour en Inde, reprit l'ex-inspecteur-chef ; un excellent connaisseur des mœurs locales, Pink Flaherty, a tracé un portrait du couple bien différent de celui que donnaient les peintres officiels. Lady Anna-Lisa ? Une femme capricieuse et dédaigneuse, qui vivait selon son bon plaisir et que *son mari n'osait jamais contrarier*. George Schipper ? Un corrompu et un corrupteur, qui abusait de ses prérogatives pour s'enrichir. Bien à l'abri, ils ne revinrent en Angleterre qu'en 1945, après la fin de la Seconde Guerre mondiale, toujours dotés d'une excellente « image de marque ».

Higgins consulta une page de son carnet noir.

— Un détail m'a perturbé : le mensonge par omission de Jepherson Normaid, qui a cependant fini par reconnaître qu'il avait bien séjourné en Inde en 1940. Il y avait rencontré les Schipper, et j'aurais pu me laisser égarer par une hypothèse intéressante : humilié par lady Anna-Lisa, le *butler* en aurait éprouvé un tel ressentiment qu'il conçut une vengeance et décida de supprimer celle qui l'avait méprisé ; la vengeance étant un plat qui se mange froid, il aurait attendu de nombreuses années avant de passer à l'acte.

— Pourquoi le disculpez-vous ?

— Parce que Jepherson Normaid est un être dévoré par sa fonction et ne s'intéresse qu'aux châteaux, aux hôtels particuliers et aux demeures dont il a la charge. Insulté par un lord ou une lady, il se serait contenté de leur opposer le poids de son indifférence. Et puis il m'a fourni deux précieuses indications : lui-même avoua préférer l'hôtel particulier de Mayfair à ses propriétaires en ajoutant « Suis-je assez clair » et, surtout, il me donna rendez-vous à Apsley House où est exposé le tableau de Jan Steen, « Le Ménage dissolu », de manière à me montrer qu'il n'était pas dupe. Quelle manière plus élégante, pour un *butler*, de le faire savoir en précisant l'essentiel sans trop en dire ?

— Vous voulez dire qu'il avait perçu une certaine désunion dans le couple ?

— Qui, mieux qu'un *butler*, serait capable de percevoir une telle nuance, même après tant d'années d'un mariage réputé idyllique? De plus, l'alibi de Jepherson n'était pas dépourvu de valeur. La maladie de sa mère fournit même à l'assassin une occasion qu'il n'a pas manqué d'exploiter.

Higgins tourna quelques pages de son carnet noir.

— L'irruption de Michael Waintreegh dans cette affaire pouvait paraître des plus suspectes. Une seconde opportunité pour l'assassin, à vrai dire; l'apparition de ce courtier en diamants plutôt douteux, se parant du titre de joaillier, nous fournissait un nouveau suspect que l'on pouvait accuser de complicité avec Drusilla Wharton.

— Vous n'y avez pas manqué, rappela Marlow.

— Simple stratégie en trompe l'œil, superintendant; de la part d'un menteur et d'un voleur comme ce Waintreegh, ne pouvait-on pas attendre pis encore?

— Il a bien dérobé la parure de diamants!

— Bien sûr que non, mon cher Marlow; Waintreegh triche sur les prix et la qualité des pierres, mais il n'aurait pas couru le risque de commettre un forfait qui nous conduisait directement à lui.

— Alors, le voleur serait...

— Le colonel Schipper en personne, c'est certain; la visite inattendue de Michael Waintreegh lui a donné l'idée de façonner une fausse piste magnifique qui nous orienterait dans une mauvaise direction. En raison des antécédents de Waintreegh, nous pouvions aisément nous laisser abuser.

— Qu'est-ce qui vous a alerté ?

— Divers motifs me rendaient méfiant, mais le témoignage de Jepherson Normaid fut décisif ; lui, un *butler* de grande classe, qui aimait son hôtel particulier plus que lui-même, au sommeil léger, n'avait rien vu et rien entendu. Commettre un tel vol à son insu ? Impossible. Il n'y avait, en effet, rien à voir ni à entendre, parce que seul le colonel avait pu dissimuler cette preuve.

— Il nous en a parlé avec beaucoup d'émotion.

— Comédie ou sincérité, ou bien un mélange des deux ? Difficile d'être formel sur ce point.

— Ce Waintreegh n'est tout de même pas un personnage très recommandable !

— Certes, mon cher Marlow ; et Drusilla Wharton ne nous a pas menti en nous apprenant son altercation avec lady Anna-Lisa. Sans le savoir, elle orientait nos soupçons dans la direction que souhaitait le colonel.

— Après tout, pourquoi n'aurait-il pas assassiné la femme du colonel au cours d'une tentative de vol qui aurait mal tourné ?

Higgins sourit.

— D'une part, parce qu'il n'aurait pas eu le courage de s'introduire dans l'hôtel particulier et de tenir tête à sa propriétaire ; d'autre part, parce qu'il est petit et gros, et ne correspond pas à la description de l'assassin tel que l'a décrit le témoin oculaire.

— Vous en revenez donc à Drusilla Wharton !

— Exactement, mon cher Marlow.

CHAPITRE XXXI

Le superintendant se sentit soulagé.

Après tous ces méandres, justifiés ou non, Higgins revenait aux faits, et à eux seuls ; rassuré, Marlow commanda une nouvelle pinte de bière brune, qui correspondait mal au cadre du restaurant mais était indispensable à sa capacité de raisonnement.

— Reprenons l'alibi de Drusilla Wharton, proposa Higgins.

— L'alibi ? Mais elle n'en a pas !

— Supposons qu'elle ait dit la vérité, mon cher Marlow ; en ce cas, l'homme à « la drôle de voix » qui l'a appelée agissait avec un but précis : l'obliger à rester chez elle, de manière à ce qu'elle ne possédât aucun alibi sérieux.

— Ce serait donc...

— L'assassin, bien entendu.

— Ce ne peut être le colonel George Schipper ! Oubliez-vous son alibi ? À l'heure du crime, il dînait avec des dizaines d'anciens combattants.

— J'ai étudié de près son alibi, superintendant, il n'est pas aussi solide qu'il en a l'air. Le club Victory, où avait lieu cette brillante manifestation, est tout proche de son hôtel particulier ; pour un homme alerte et en bonne santé, comme le colonel Schipper, il ne fallait pas plus de dix-huit minutes de marche rapide, aller et retour, entre les deux endroits. En courant un peu, moins d'un quart d'heure.

— Mais tout le monde l'a vu, au club Victory !

— Tout le monde l'a vu, à certains moments, *mais pas à chaque moment* ! Le colonel est arrivé au club vers 20 heures, et on l'a vu en repartir après minuit ; entre-temps, les convives ont beaucoup bu et furent passablement éméchés à partir de 22 heures ; ils se dispersèrent par petits groupes, les uns dans des salons, les autres au bar ou au fumoir. Bref, le colonel a pu s'absenter pendant une bonne demi-heure sans que personne ne s'en aperçoive.

— Vous pensez qu'il a quitté le club en catimini, tué sa femme, puis est revenu parmi ses camarades ?

— En effet. Pour parfaire son horrible meurtre, il l'a accompli avec la statuette que Drusilla Wharton avait offerte à son amie, lady Anna-Lisa ; un petit détail accréditait la présence de la pseudo-meurtrière : lady Anna-Lisa ne jouait-elle pas volontiers, au piano, quelques notes d'un musicien dont le nom était venu en conversant avec Drusilla Wharton ? La mise en scène du colonel se voulait minutieuse ; même les fraises à la crème pouvaient accuser Drusilla Wharton.

— Si vous avez raison, c'est diabolique ! Mais c'est tout de même bien Drusilla Wharton que la princesse Leonskaia a vu sortir de l'hôtel particulier de Mayfair !

— Pour comprendre ce qui s'est passé, superintendant, il faut en venir au salon de coiffure Austreed. Nous avons appris que le colonel George Schipper s'y était rendu; il ne l'a d'ailleurs pas nié, mais a parlé de façon élogieuse de Diana Hardy à laquelle il n'accordait pas le moindre intérêt. C'est pourtant bien chez Austreed que l'existence du colonel a basculé une nouvelle fois et que le bel équilibre acquis depuis tant d'années s'est évanoui.

— Mais... de quelle manière?

— Le sémillant colonel George Schipper est tombé follement amoureux d'une très jolie jeune fille.

— Floris Stephan? *By Jove*, c'est impossible!

— Cette charmante personne a prétendu qu'elle avait presque eu peur du colonel, mensonge un peu trop forcé qui correspondait mal à sa nature; mais c'est un autre mensonge qui attira mon attention. C'est la seule personne qui a évoqué une dispute entre lady Anna-Lisa et Drusilla Wharton, à propos d'un peintre dont elle n'avait pas retenu le nom; or, Drusilla Wharton a précisé que se faire coiffer chez Austreed était un moment de détente et que ni elle ni son amie n'abordaient de sujets professionnels. Le colonel a forcé la note en demandant à sa jeune maîtresse de nous faire croire qu'il existait une rivalité entre lady Anna-Lisa et Drusilla Wharton.

— Mais enfin, Higgins! Cette gamine et ce vieillard...

— Un vieillard très vert et une gamine qui, tout en jouant la femme-enfant, ne trouve « rien de plus excitant que le luxe », selon ses propres paroles ; et qui pouvait le lui donner, sinon un homme riche comme le colonel Schipper ?

— Tout ceci n'est que supputation, Higgins !

— Non, mon cher Marlow ; souvenez-vous du goût immodéré du colonel pour le porto et... les parfums. Leur odeur suave lui est indispensable.

— Certes, mais...

— En allant chez Floris Stephan, je m'attendais à trouver une trace de la présence de George Schipper chez sa maîtresse.

— Et... vous l'avez trouvée ?

— Parmi les parfums que Floris Stephan conserve chez elle, il y a Blenheim Bouquet. Autrement dit un parfum pour homme, qui porte le nom de la demeure de Winston Churchill, en l'honneur de qui il a été créé. Si vous l'interrogez sur ce point, elle ne devrait pas tarder à vous dire la vérité.

— Que faites-vous du témoin oculaire et du cheveu auburn sur le corps de la victime ?

— Un cheveu en trop, mon cher Marlow ; en tentant de faire accuser de crime Drusilla Wharton, le colonel s'est montré trop prolixe. C'est le métier de sa maîtresse qui lui a donné l'idée de son crime, minutieusement préparé. Comme shampooineuse, Floris Stephan participait au nettoyage du salon ; il lui était facile de ramasser les cheveux de Drusilla Wharton après les coupes. Dès qu'elle en posséda une quantité suffisante, elle confectionna une perruque, cette perruque que le colonel Schipper, grand et élégant, dont l'allure ressemble à celle de l'accusée, porta en sortant de son propre hôtel particulier après avoir assassiné sa femme. Il avait pris soin d'en arracher un cheveu, un vrai cheveu auburn de Drusilla Wharton qui avait ainsi signé son crime sans s'en apercevoir. Sans doute portait-il aussi un manteau semblable à celui que possédait l'amie de lady Anna-Lisa; en pleine nuit, la princesse Leonskaia ne pouvait qu'identifier Drusilla Wharton, dont la superbe chevelure semblait illuminer l'obscurité. Bien entendu, la présence de ce témoin oculaire digne de foi ne devait rien au hasard; connaissant la ponctualité de la princesse, le colonel, déguisé en Drusilla Wharton, prit soin de sortir de chez lui à 22 h 45, l'heure précise à laquelle Mirichka Leonskaia partait promener Chopin. Ainsi, tout avait été prévu pour que la meilleure amie de lady Anna-Lisa fût accusée de meurtre, sans nulle possibilité de se disculper.

Marlow était effondré.

— Comment un héros de la Grande Guerre a-t-il pu en arriver là?

— D'abord, ce n'était pas un héros; ensuite, si le colonel voulait vivre avec Floris Stephan, il n'avait d'autre solution que de supprimer sa femme et d'orienter l'enquête vers une coupable indiscutable. Si lady Anna-Lisa avait appris cette liaison, elle aurait détruit la légende.

— Et si George Schipper nie tout en bloc?

Higgins consulta sa montre de gousset.

— Nous devons quitter cet endroit agréable, superintendant.

***

Le colonel Schipper avait roulé à vive allure,

afin d'être à l'heure du rendez-vous que lui fixait le télégramme signé par Floris Stephan. Bien que le colonel adorât cette petite, il déplora qu'elle perdît son sang-froid ; mais n'était-ce pas inévitable ? Après s'être débarrassé d'une épouse impitoyable et encombrante, l'officier supérieur ne voulait pas tomber de Charybde en Scylla. Floris aurait fini par devenir exigeante et l'aurait fait chanter, comme Anna-Lisa.

Cette petite gourde l'avait beaucoup amusé, en suscitant en lui des désirs qu'il croyait éteints à jamais ; mais, à la différence d'Anna-Lisa, elle manquait de sang-froid.

Elle lui avait donné rendez-vous chez Austreed, là où leurs regards s'étaient croisés pour la première fois. Incorrigible romantique ! Ce n'était pas un mauvais endroit pour mourir. La porte étant grande ouverte, il n'y aurait pas d'effraction, et la police serait confrontée à un crime incompréhensible.

Le colonel se gara assez loin d'Austreed et marcha d'un bon pas ; sa démarche n'avait perdu ni vigueur ni rapidité.

À cette heure tardive, la rue était déserte.

La porte du salon était bien ouverte.

Une faible lumière éclairait les murs bleus, le sol de marbre, les paravents de verre dépoli et les confortables fauteuils de cuir. D'agréables parfums flottaient dans l'air.

— Floris ?

— Je suis là.

La voix provenait de sa gauche.

George Schipper avança et il la vit.

Elle était assise et lui tournait le dos ; dans la demi-pénombre brillait une magnifique chevelure auburn, aux reflets cuivrés d'une exceptionnelle luminosité.

— Drusilla Wharton... Mais que faites-vous là ? Vous devriez être en prison !

Comme elle ne bougeait pas, il s'approcha.

— Floris ? Avec une perruque !

Elle lui offrit un sourire timide.

— Petite traînée ! Tu veux me faire chanter et tout raconter à la police, c'est ça ?

— Non, ils m'ont...

— Je vais te tuer comme j'ai tué ma garce de femme !

Les mains puissantes du colonel serrèrent la gorge fragile de la shampooineuse ; mais cette dernière en fut quitte pour une courte frayeur, car la poigne puissante de Scott Marlow obligea George Schipper à lâcher prise.

Sous le regard de Higgins, le superintendant passa les menottes au faux héros.

— Colonel Schipper, je vous arrête pour assassinat prémédité sur la personne de votre épouse et pour tentative d'assassinat sur celle de Floris Stephan.

ÉPILOGUE

Sous une pluie battante, la vieille Bentley se frayait tant bien que mal un chemin dans les embouteillages londoniens.

— Le colonel a tout avoué, déclara le superintendant ; son récit correspond point pour point à votre reconstitution. Vous remercierai-je jamais assez, Higgins ? Sans vous, une innocente aurait été injustement condamnée.

— J'ai eu de la chance, mon cher Marlow ; le piège était remarquablement tendu. Sans votre compréhension et votre collaboration, nous ne serions arrivés à rien. Une fois encore, je rends hommage à votre conscience professionnelle ; à votre place, bien des policiers se seraient butés.

— Qu'est-ce qui vous a fait douter de la véracité des faits ?

— Drusilla Wharton ; son *aura*, comme disent les Anciens, n'est pas celle d'une criminelle.

Higgins retombait dans ses travers mystiques mais, cette fois, Marlow était obligé d'admettre qu'ils avaient du bon.

L'ex-inspecteur-chef semblait inquiet ; il consulta sa montre de gousset.

— Ne serons-nous pas en retard ?

— Rassurez-vous, la levée d'écrou a été retardée d'une heure.

***

Drusilla Wharton était habillée d'une robe vert sombre qui lui allait à ravir ; sa pâleur trahissait une lassitude certaine, mais le regard paraissait déjà plus vif.

— Inspecteur Higgins ! Vous êtes la première personne civilisée que je rencontre en sortant de prison ; aucune mauvaise nouvelle, j'espère ?

— Le colonel est passé aux aveux et Scotland Yard vous présente ses excuses, bien que des paroles soient impuissantes à effacer le préjudice subi.

— Puisque la vérité a été établie, j'oublierai vite.

— J'espère que vous me pardonnez la liberté que j'ai prise vous concernant.

Drusilla Wharton fut intriguée.

— De quoi s'agit-il ?

— De votre premier bonheur de femme libre, selon vos vœux ; vous avez rendez-vous chez Austreed pour une permanente.

Composé par EURONUMÉRIQUE 92120 Montrouge
et achevé d'imprimer en mars 1996
sur les presses de la Société Nouvelle Firmin-Didot
à Mesnil-sur-l'Estrée (Eure)

— N° d'imprimeur : 34145 —
— N° d'éditeur : DSY 32 —
Dépôt légal : avril 1996

Imprimé en France